Pirati Sganppgherati

Primo Volume

**Quattro incredibili storie di pirati
di ieri, oggi e domani.**

Narrativa per ragazzi.

***Al mio figlioccio
Michael***

Un ringraziamento particolare a mio fratello Alberto e all'amico Paolo.

1
I Pirati della *"Sciabola Storta"*

L'alba si affacciava sull'Oceano Indiano con un pigro sbadiglio, e così anche Babul Singh, il Capitano della ciurma più disorganizzata che mai avesse solcato il mare. La sua nave, chiamata *Sciabola Storta* (che si ispirava al nome di una vecchia pizzeria che Babul frequentava, ora chiusa per fallimento: la *SCALOBA TORTA*), oscillava come un'altalena nel vento.

Babul, un ometto dalla corporatura insignificante ma con baffi decisamente sproporzionati, stava in piedi sul ponte, con una benda sull'occhio sbagliato e una mappa al contrario. La sua ciurma? Un'accozzaglia di individui con storie confuse e competenze marine ancora più confuse. Il problema principale era che ognuno parlava un dialetto indiano diverso. Se per esempio Babul ordinava «Levate l'ancora!» i suoi uomini rispondevano con un coro di «Kya? Kya bola? (Cosa? Che hai detto?)», finché alla fine Babul si faceva capire mimando l'azione richiesta.

La Nascita della Ciurma della Sciabola Storta

Un tempo, nei caldi e ventosi mari dell'Oceano Indiano, un uomo di nome **Babul Shing**, aveva un grande sogno: non essere solo un pirata temuto, ma anche gestire la migliore cucina che i mari avessero mai conosciuto. Babul non era un pirata qualunque; portava sempre con sé una vecchia pentola annerita e un cucchiaio di legno che considerava il suo "tesoro più prezioso."

Era originario di Kochi, un paese con un mercato pieno di spezie e profumi, che ospitava il porto da cui tutto avrà inizio. Da giovane lavorava come chef in un mercato del pesce, ma un giorno, dopo una lite con un mercante che rifiutava di pagarlo per il suo curry, Babul capì che la vita da cuoco non gli bastava più. Così, con i suoi unici due compagni: una sciabola arrugginita e un sogno in tasca, decise di diventare il pirata più temuto (e lo chef pirata più rispettato) dell'Oceano Indiano.

Ma c'era un problema: non aveva né una nave, né una ciurma. E, come diceva lui stesso: "Un pirata senza nave né ciurma è come un curry senza spezie: inutile!"

Determinato a rimediare, iniziò con il trovare una nave.

Babul si presentò al porto di Kochi, armato della sua sciabola arrugginita e della pentola di rame che aveva acquistato, strada facendo, al mercato delle spezie, e un piano che definire ingegnoso sarebbe stato un complimento.

Il capannello di scaricatori di porto

Babul, in cuor suo, sapeva bene che non poteva permettersi un'intera nave, nuova, armata e arredata: non aveva un soldo. Ma aveva un talento: sapeva cucinare.

Passeggiando in lungo e in largo per il porto di Kochi, alla ricerca di un vascello in saldo, si imbatté in un capannello di scaricatori di porto che parlavano ad alta voce, e, non potendo fare a meno di sentire le loro voci, udì alcune parole

che attirarono la sua attenzione. Si mise ad ascoltare.

Fu così che apprese di una festa in serata organizzata da un ricco mercante locale, il signor Dhandapani, che possedeva una flotta di navi mercantili.

A Babul venne un'idea. Chiese agli scaricatori di porto dove potesse incontrare il signor Dhandapani e quelli, in malo modo, come loro uso, dapprima gli diedero indicazioni confuse e contraddittorie, poi lo mandarono a quel paese, pensando che fosse un amico del ricco signore.

Solo uno di loro, vedendo Babul allontanarsi con aria afflitta, fu mosso da un buon sentimento e lo avvicinò, dandogli le corrette indicazioni su dove abitava.

A casa di Dhandapani

Babul riprese vitalità e, seguendo le indicazioni ricevute, si recò presso l'abitazione del signor Dhandapani con il preciso intento di realizzare la sua idea: infiltrarsi nella festa per aggraziarsi il ricco mercante.

Con il suo solito carisma, Babul si offrì di preparare gratuitamente il piatto principale della serata. In pochissimo tempo, mise su un banchetto che fece tremare le papille gustative di tutti i presenti: curry di gamberi speziato con riso al cocco, condito con un segreto che nessuno riusciva a decifrare (un pizzico di scorza di lime, ma lui non lo avrebbe mai ammesso).

«Questo è il miglior cibo che abbia mai mangiato!» esclamò il mercante, con le lacrime agli occhi: un po' per la commozione... e un po' per il peperoncino.

Babul si inchinò, sfoggiando un sorriso malizioso che prometteva guai.

«Sono felice che le piaccia, signor Dhandapani. Potrei prepararle pietanze come questa ogni volta che lei lo desideri, ma, ahimè, non ho una nave per procurarmi le spezie migliori. Sa, una nave farebbe davvero la differenza.»

La prima "nave" di Babul

Il mercante, ancora sotto l'effetto euforico del curry, rise e disse: «Una nave, dici? Beh, ho una vecchia barca che non uso più. Se preparerai questo curry per me ogni volta che tornerai in porto, è tua!»

Babul accettò senza battere ciglio, anche se dentro di sé gioiva come un bambino.

Il giorno dopo, il mercante gli mostrò la "nave". Beh, in verità di "nave" non si poteva proprio parlare… e anche "barca" era un termine generoso. Si trattava di una vecchia piroga di legno, con qualche foro che lasciava entrare più acqua di quanta ne tenesse fuori. Attraversare un oceano con quella bagnarola, più che pericoloso, un qualsiasi lupo di mare lo avrebbe ritenuto impossibile. Tuttavia Babul era già in animo un pirata nella sua mente, e un pirata non si poteva fermare di fronte alla prima difficoltà.

«Perfetta!» esclamò, montandoci sopra e cercando di non farsi notare mentre infilava dei panni nei buchi per tappare le falle.

Con un remo incrinato trovato su una spiaggia e una vela fatta di lenzuola rattoppate, rubate da *"La lanterna del porto"*: l'ultima locanda in cui aveva dormito, Babul salpò.

Non aveva idea di come si governasse una barca, ma era convinto che il mare lo avrebbe guidato. Dopo tutto, come diceva sempre: "Se sai cucinare un buon curry, sai affrontare qualsiasi cosa."

Pensò che la prima parte del suo progetto, bene o male, si era conclusa: ora aveva un mezzo per spostarsi sull'acqua. Adesso, doveva pensare a reclutare la ciurma.

Naturalmente, il suo primo viaggio fu un disastro.

Il giorno dopo, infatti, nel mezzo di una tempesta, mentre la barca faceva acqua da tutte le parti, Babul pensò che la sua carriera di pirata fosse naufragata prima ancora di cominciare.

L'incontro con Ganesh

Fu proprio mentre la "barca" di Babul affondava che apparve **Ganesh**.

Ganesh era un pescatore gigantesco, alto oltre due metri, con muscoli scolpiti e un tatuaggio di un elefante sul braccio, una voce sorprendentemente calma e melodiosa e con un cuore grande quanto i suoi muscoli.

Gentile, leale e sempre pronto a difendere i più deboli, era originario di Tamil Nadu, una località con importanti radici storiche posta a sud est della penisola indiana, dove si parla il dialetto "Arwi".

Vedendo Babul ormai aggrappato a un pezzo di legno, Ganesh lo issò sulla sua barca senza pensarci due volte.

«Grazie, amico», disse Babul, una volta salito a bordo della barca di Ganesh, ancora a con i vestiti zuppi d'acqua, la pentola di rame salda in una mano e l'altra occupata dalla sciabola arrugginita. «Ti devo la vita. Vuoi unirti alla mia ciurma?»

Ganesh dapprima gli rivolse uno sguardo interrogativo, alzando una delle sue ciglia folte, poi, compreso quello che intendeva dire Babul, che parlava un dialetto indiano diverso dal suo, scoppiò in una risata, mostrando denti bianchissimi. «Ciurma? Quale ciurma, se tu sei l'unico membro e non hai più una barca?» disse in Arwi, il proprio dialetto.

«Per ora!» esclamò Babul, con il suo solito sguardo furbetto, ritenendo di avere capito ciò che intendeva dire Ganesh.

«Se ti aggreghi a me, siamo già in due e abbiamo una barca: la tua.» aggiunse con tono sicuro e convincente come se l'accordo fosse già avvenuto.

Ganesh, che aveva sempre sognato di vedere il mondo al di là del suo villaggio, accettò. Accolse Babul nella propria barca, che condivise, pur essendo troppo piccola per accogliere due persone.

L'aggiunta di Ravi

Qualche giorno dopo, nel cercare un riparo per la barca, prima dell'arrivo di un'ennesima tempesta che il cielo annunciava come imminente, Babul e Ganesh incontrarono in un piccolo porto **Ravi**: un contabile in fuga dal suo ex capo che lo aveva ingannato. Lui, per vendetta, aveva rubato un'imbarcazione ma senza accorgersi che faceva acqua in ogni dove.

Babul conosceva Ravi di vista: ogni tanto lo incrociava al *"Marajà Meal"* una sorta di *"Mc Donald's"* indiano. Ravi era di aspetto magro e un po' curvo, con gli occhiali rotondi incrinati e un grosso quadernone di appunti che teneva sempre sottobraccio, tanto che aveva iniziato a puzzare un po' di ascelle.

Era convinto di saper far di conto, ma in realtà sapeva fare bene solo le addizioni. Quando si cimentava nelle sottrazioni si confondeva e i conti non quadravano mai.

Dev'essere stato proprio a causa di questo che in tutti gli altri aspetti della vita era diventato un maniaco della precisione: ad esempio annotava sul suo quadernone tutti gli acquisti e tutti gli utilizzi delle spezie di cui faceva uso, anche se il risultato tra entrate e uscite, non sapendo fare le sottrazioni, non corrispondeva mai alle quantità di spezie che gli rimanevano a disposizione.

Eppure, era diventato talmente maniaco della precisione che non tollerava che nulla fosse improvvisato, e questo non solo per ciò che lo riguardava personalmente: avrebbe voluto che tutto il mondo seguisse le stesse regole che seguiva lui. Un desiderio impossibile da realizzare, specialmente con l'imposizione; e siccome dopo un po' nessuno più gli dava retta, si arrabbiava e si chiudeva nella dispensa della cucina a mangiare cioccolata per ristorare le frustrazioni, borbottando nel suo dialetto frasi incomprensibili che nessuno capiva.

Tuttavia dietro gli occhiali rotondi di Ravi luccicavano degli occhietti vispi e furbi, a cui pareva non sfuggisse nulla.

Dev'essere stata proprio quest'ultima caratteristica a colpire il capitano Babul quando Ravi dall'interno della sua barca rivolse lo sguardo verso i due che dalla banchina si stavano avvicinando.

Babul, con la sua vista acuta, lo squadrò per un momento da lontano e, avendone intuito "al volo" solo i pregi ma non i difetti, disse:

«Interessante quel tipo: sembra disperato quanto noi. Potremmo fargli una proposta.»

«Si chiama Ravi, lavora come contabile presso la "Fish & Chips Ltd."» replicò Ganesh, che lo conosceva perché gli ritardava sempre i pagamenti delle forniture di pesce.

Babul e Ganesh, dopo una breve consultazione, decisero di avvicinarsi alla barca (rubata) di **Ravi**, La barca, sebbene modesta, da lontano, ai due sembrò ben tenuta. In realtà Ravi stava terminando di riparare i fori da cui entrava incessantemente acqua.

«Ravi!» chiamò Babul dalla banchina agitando una mano e con tono amichevole come se si conoscessero molto più che per quello che aveva appena saputo da Ganesh. «Abbiamo bisogno di un professionista come te! Stiamo formando una ciurma di pirati, e abbiamo necessità di qualcuno che conosca le leggi del mare e che sappia fare i conti!»

Ravi sollevò lo sguardo, scrutando i due con un misto di curiosità e divertimento. «Una ciurma di pirati, dite? E cosa vi fa pensare che io voglia far parte di questa vostra... avventura?»

Ganesh si fece avanti, sfoderando un sorriso rassicurante. «Perché, amico mio, questa non è solo un'avventura. È l'occasione di una vita. Abbiamo un piano e... c'è anche una buona paga», azzardò. Quindi fece una pausa, guardando Ravi negli occhi, individuandone il consenso, «e poi, diciamocelo, la vita da contabile alla "Fish & Chips Ltd." può essere piuttosto monotona, no?» concluse.

Ravi rifletté per un momento, poi annuì lentamente. «Non lavoro più lì», disse, rispondendo a Ganesh. Poi, dopo un silenzio riflessivo, durante il quale raccolse una cima, aggiunse: «Beh, forse avete ragione. Una vita più emozionante potrebbe essere proprio quello di cui ho bisogno.» concluse, rivolto a tutti e due.

«Allora, sei dei nostri?» chiese Babul con entusiasmo. «Lo sono», confermò Ravi, tendendo una mano per sigillare l'accordo. «Ma prima, devo sistemare una cosa. La mia barca. L'ho rubata alla mia compagnia, anche se l'ho presa per compensare gli stipendi che non mi hanno pagato, ma non posso né usarla come nave pirata, né lasciarla qui.»

Un sentimento di delusione si affacciò sugli occhi di Babul, che, segretamente, contava sulla barca di Ravi: sebbene bucata, comunque più comoda dell'attuale e che ora, dovendola dividere in tre, sarebbe diventava più stretta.

«Non preoccuparti», disse Ganesh. «Penso io a tutto. Ho un amico azzeccagarbugli disposto a fare da tramite per sanare il problema con il tuo datore di lavoro: così la barca diventerà tua e la potrai vendere senza avere più nulla di cui preoccuparti.»

Ravi accettò, ma solo dopo aver dettato un'intera lista di condizioni che il capitano Babul ignorò completamente, anche perché proprio non le capì, visto che Ravi le espresse nel proprio dialetto che Babul davvero non riusciva a comprendere pur essendo indiano come lui.

Ravi sorrise, soddisfatto. «Bene, cominciamo questa nuova avventura.»

Fu grazie al fatto che Ravi riuscì a dare l'impressione di conoscere le leggi del mare, pur conoscendole "per sentito dire", che il capitano Babul gli affidò il ruolo di consigliere personale: lo riteneva la mente più sofisticata della ciurma.

Infine Ravi salì sulla barca di Ganesh, che era già piccola per due, e si fece davvero stretta per il trio della nascente ciurma di pirati.

Amit, il cuoco

L'incontro con **Amit**, il quarto membro della ciurma, avvenne durante un ormeggio su un'isola, i tre lo incontrarono mentre stava cercando disperatamente di cucinare per un gruppo di mercenari affamati, ma aveva solo ingredienti di scarsa qualità.

Amit era un giovane uomo, precocemente canuto e con la barba bianca, basso e robusto con un cappello da cuoco troppo grande per la sua testa.

Era iper-permaloso. Se qualcuno osava giudicare il suo curry troppo piccante o il suo riso un po' scotto, Amit smetteva di cucinare per giorni interi in segno di protesta. Inoltre era ossessionato dalla pulizia delle padelle, in particolare la sua.

Non importava se la nave stesse affondando, Amit si sarebbe assicurato che la sua pentola affondasse lucida come uno specchio.

Paradossalmente proprio la mania della pulizia fu l'aspetto che maggiormente piacque a Babul e che gli fece superare le riserve per gli altri tratti caratteriali, e per lo strano dialetto che parlava.

«Che disastro», sospirò Babul. «Un cuoco come te merita di meglio. Perché non vieni con noi? Ti prometto che avrai tutte le spezie che desidererai!»

Amit inclinò lo sguardo in segno di sospetto socchiudendo gli occhi, aggrottando la fronte e arricciando le labbra. «E chi sareste voi?» disse.

«Il capitano Babul e la sua ciurma!» rispose con orgoglio Ganesh, anticipando il capitano.

«E dov'è la nave?»

Ravi tossicchiò. "Abbiamo una... barca. Ma miglioreremo".

E fu così che Amit, dopo un breve tentennamento, pensò che in fondo non aveva nulla da perdere, accettò, portando in dote con sé, oltre alla sua pentola, un sacchetto di spezie segrete.

Infine Ashi, la sarta di Calcutta

L'ultimo membro della ciurma si unì per caso.

Ashi era una sarta di Calcutta, famosa per i suoi abiti colorati. Quando Babul e i suoi arrivarono al bazar per cercare tessuti, scoprirono che Ashi era in fuga da un matrimonio combinato.

«Se mi aiutate a scappare», disse Ashi, «vi cucirò le divise più belle che abbiate mai visto!»

Babul non perse tempo e prese la palla al balzo: accettò senza porsi ulteriori domande, soprattutto perché era l'unica di cui riusciva a comprendere bene ciò che diceva.

Durante il viaggio verso la libertà, Ashi non solo cucì le divise, ma creò anche una bandiera: due sciabole incrociate su uno sfondo nero, con una pentola di curry fumante sopra.

«Questa bandiera rappresenta chi siamo», disse la pirata Ashi; «Pirati, sì, ma con stile.»

Fu proprio così che si mise assieme la ciurma del vascello pirata… che ancora non aveva un nome… ma non solo… l'imbarcazione di Ganesh era letteralmente invisibile per quattro persone: urgeva procurarsi un vero vascello pirata che potesse accogliere comodamente il quartetto.

Ganesh e la sua barca

Ganesh si affacciò al porto, osservando silenzioso la sua modesta imbarcazione: un pensiero malinconico lo attraversava: la sua barca, sebbene cara al suo cuore, era troppo piccola per sostenere le avventure da pirata che lo attendevano assieme agli altri tre compagni di ventura.

Non posso portarti con me, disse a sé stesso, accarezzandone il bordo, *ma non voglio nemmeno lasciarti a marcire qui.*

Ganesh, ne parlò con il resto dell'equipaggio e tutti furono d'accordo sulla necessità di dotarsi di un mezzo più comodo e che potesse dare l'impressione di un galeone pirata.

Trovò un giovane pescatore del villaggio disposto a prendersene cura: Kunal.

Ganesh lo chiamò e gli spiegò la situazione. «Kunal, voglio affidarti il mio peschereccio. Voglio che continui a solcare queste acque, anche se io sarò via per un po'. Solo ti chiedo mille rupie a garanzia del fatto che non la romperai e che la tratterai bene.»

Il giovane Kunal, onorato per la fiducia, accettò con entusiasmo. «Non preoccuparti, Ganesh. Lo tratterò come fosse mio.»

Si procurò in prestito il denaro richiesto, ben sapendo che con quanto guadagnato dalla pesca, avrebbe potuto restituirlo.

Con un ultimo sguardo alla sua amata barca, Ganesh

se ne separò con il cuore più leggero: sapeva che un pezzo della sua vita rimaneva lì, pronto ad accoglierlo se mai avesse desiderato tornare.

La prima nave pirata

Fu così che, Con le risorse messe insieme, costituite dal ricavato della vendita della barca riscattata da Ravi; dal deposito ricevuto da Ganesh; dalla vendita di parte delle spezie di Amit e da un po' di contrabbando creativo, questi pirati sgangherati acquistarono quella che per loro rappresentava la prima vera nave pirata nonostante sembrasse più un peschereccio con ambizioni da galeone.

Tuttavia, siccome non è bello ciò che è bello, ma è bello ciò che piace, grazie all'impiego dei propri denari e alla fatica fatta per le riparazioni e per i miglioramenti eseguiti in economia dalla ciurma, la trasformarono in quella che, solo ai loro occhi, appariva come una vera nave pirata di tutto rispetto.

La chiamarono **Sciabola Storta**.

Le cariche assegnate di comune accordo ai membri della ciurma furono:

Babul Shing: primo Capitano, (ed "Executive chef" nelle grandi occasioni);

Ganesh: secondo in comando;

Ravi: contabile e consigliere personale di Babul;

Amit: "Chef de Cuisine" ma senza nessun sottoposto;

Ashi: sarta del gruppo e responsabile dell'estetica del vascello.

E così, con un "vascello" pronto a solcare i mari e una bandiera che sventolava orgogliosa, la ciurma della *Sciabola*

Storta era finalmente completa. Non erano solo pirati; erano una famiglia, unita da un sogno comune: conquistare il mondo, un piatto di curry alla volta.

Il primo abbordaggio.

Salpati dal porto di Kochi, qualche settimana più tardi, sul ponte della *Sciabola Storta*, il Capitano Babul Singh stava radunando la sua ciurma per un'importante riunione strategica. Importante, almeno per lui; per il resto della ciurma era una delle prime occasioni per lamentarsi del cibo scadente e del fatto che nessuno avesse davvero idea di come si facesse il pirata.

Per l'occasione, Babul si era messo una benda nera sull'occhio destro, quello da cui ci vedeva meglio, per sembrare un vero pirata e per cercare di mantenere alto il morale della ciurma.

«Fratelli! Compagni d'avventura! Oggi segneremo la storia!» tuonò Babul, alzando le braccia come un predicatore. Un'improvvisa quanto tempestiva folata di vento gli portò via il turbante, e gli spostò la benda dall'occhio al naso, ma lui non ci fece caso.

«E dove?» chiese Ravi, che sembrava sempre più confuso.

«Sul mare, ovviamente!» rispose il capitano Babul, puntando un dito verso l'orizzonte.

Amit, il cuoco, alzò una mano. «Posso cucinare prima di passare alla storia? Sto marinando delle patate.»

«Zitto, Amit! Non capisci l'importanza di questa missione?» Babul fece una pausa drammatica riposizionandosi con solennità la benda sull'occhio "buono".

«Una nave cargo! Gigantesca! L'ho sognata questa notte. Era piena di tesori!»

E come d'incanto, apparve all'orizzonte una nave cargo gigantesca: la *Malabar Queen*, carica di container colorati.

L'obiettivo dell'impresa

Babul si strofinò gli occhi incredulo: voleva essere sicuro di non stare ancora sognando, poi, strofinandosi le mani con l'entusiasmo di chi pensa che il crimine paghi (ma non sa bene come) esclamò, indicandola: «Eccola! Dentro quei container ci saranno tesori! Oro, diamanti, televisori a schermo piatto e chiavette USB!».

La ciurma si voltò nella direzione indicata dal dito di Babul.

«Oppure cipolle», mormorò Amit, da bravo cuoco.
«Zitto tu! Le cipolle costano care, quindi va bene lo stesso!» ribatté Babul.

Il piano era semplice... in teoria. Il problema era che nessuno sapeva davvero né come si facesse un **abbordaggio**, ovvero l'avvicinamento ostile alla nave da aggredire, e men che meno come si svolgesse un **arrembaggio**: il "salto" sulla nave vittima per conquistarla o depredarla.

Ganesh, che non parlava molto ma amava i fatti concreti, tirò fuori un libro sulle navi cargo e indicò una pagina. «Qui c'è scritto che di solito portano riso, cemento e frigoriferi.» affermò.

«Riso, cemento e frigoriferi possono comunque essere venduti!» ribatté Babul, ignorando deliberatamente qualsiasi logica commerciale.

Il piano del Capitano Babul era un capolavoro di semplicità: avrebbero avvicinato la nave utilizzando la scialuppa, si sarebbero arrampicati lungo la fiancata del cargo e avrebbero preso il controllo.

«L'importante è che qualcuno di noi sappia arrampicarsi su una corda», commentò Ravi nel suo dialetto che nessuno comprese, ignorandolo.

Il primo problema: l'abbordaggio

«Prepariamo la scialuppa per l'abbordaggio!» urlò Babul. Ma l'unica scialuppa disponibile era un vecchio canotto gonfiabile, soprannominato *"Salvezza"*, in pessime condizioni. La scialuppa gonfiabile perdeva aria da tre punti e Ganesh aveva già cercato di ripararlo usando un nastro adesivo che, non essendo impermeabile, continuava a staccarsi. Decise allora di utilizzare i due pollici delle mani e l'alluce di un piede per tappare i tre fori da cui usciva l'aria, ottenendo il risultato di essere paralizzato per qualsiasi altra azione: pena l'affondamento della scialuppa.

Dopo una breve discussione su chi avrebbe dovuto salire sulla scialuppa da calare in mare, Ravi si offrì volontario... e cadde in acqua prima ancora che fosse completamente calata.

«Per quanto possa sembrare, questo è un ottimo inizio!» commentò Babul, cercando di vedere il lato positivo della situazione per mantenere alto il morale della ciurma diretta verso una missione impossibile.

Con grande fatica il gruppo riuscì a calare la scialuppa in mare. A bordo salirono in quattro: Babul, Amit, il silenzioso Ganesh (che era lì solo per tappare i buchi), e Ravi il più mingherlino del gruppo.

La pirata Ashi rimase ad osservare le peripezie dalla nave.

Preparativi di bordo

La ciurma si armò con tutto ciò che trovò: un vecchio remo, un coltello da cucina e un megafono che funzionava solo a pile, ma erano scariche e nessuno si era ricordato di comprarne di nuove. Amit, non smentendosi, si portò dietro la sua padella. Lucidissima.

La scialuppa, tuttavia, non era stata progettata per reggere tre pirati ben nutriti... e uno magrolino.

Così, dopo due minuti di pagaiate, l'acqua cominciò a entrare. «Ravi, tira fuori la pompa!» gridò Babul. «Quale pompa? Hai detto che la portava Ganesh!» Ganesh annuì, poi, non potendosi muovere, intento a tenere tappati i fori della scialuppa con le due mani e un piede, indicò, con aria trionfante, sollevando il mento, una pompa... per bicicletta.

«Usa la padella di Amit!» dispose Babul rivolgendosi a Ravi, ottenendo la contrarietà del proprietario, che oppose resistenza prima di concederla.

«Capitano, non siamo pronti per l'abbordaggio!» esclamò Ravi, che, analizzando la situazione, intuiva, si stesse facendo drammatica. Purtroppo però pronunciò la frase nel suo dialetto, che nessuno comprese appieno.

«Mai come adesso!» replicò Babul, entusiasta, che, non avendo dimestichezza con il dialetto di Ganesh, pensava di aver capito "Capitano, *noi* siamo pronti per l'abbordaggio!".

Il momento della partenza

Quando finalmente la scialuppa fu svuotata dall'acqua e forse ora pronta per una partenza meno incerta, il mare sembrò prendersi gioco di loro. Ogni onda li faceva rimbalzare come palline da ping-pong riportandoli al punto di partenza.

Amit perse l'unico remo presente sulla scialuppa. Tentò di recuperarlo con un retino per pesci. Ganesh cominciò a cantare la celebre canzone piratesca "Quindici uomini sulla cassa del morto".

All'improvviso Babul, riprese la ciurma urlando: «Concentratevi! Questa è una missione seria!». Ne seguì un immediato silenzio e i pirati focalizzarono l'attenzione sull'obiettivo della missione.

Dopo due ore di fatica senza essersi mossi di un metro, Amit disse: «Capitano, abbiamo fame e per preparare da mangiare necessita almeno un'ora. Possiamo rinviare l'abbordaggio a domani?»

Babul, non volendo far passare la ritirata come una sconfitta, esclamò: «Ciurma! L'esercitazione è terminata! Andiamo a mangiare. Seguiremo la nave cargo tutta la notte e perfezioneremo il piano d'abbordaggio. Domani all'alba, dopo aver fatto una buona colazione, passeremo all'azione!»

Rientrarono, e Amit si consolò: non avrebbe dovuto preparare il pranzo: Ashi, rimasta a bordo, nell'attesa, aveva preparato per loro un lauto pasto che, affamati, divorarono senza pronunciare una parola. Persino Ravi non ebbe nulla da dire sull'utilizzo non lecito che Amit aveva fatto delle sue spezie. Dimenticò addirittura di segnare sul suo libraccio le quantità prelevate da Ashi (con segno meno).

Il secondo abbordaggio

Il mattino seguente, dopo una notte passata a inseguire la nave cargo e a discutere su chi russasse più forte (spoiler: Ganesh) dimenticando che la notte doveva servire per perfezionare il piano di abbordaggio, la ciurma, fatta una nutrita colazione, si ritrovò nuovamente sul ponte della *Sciabola Storta*.

La *Malabar Queen*, era sempre visibile all'orizzonte, imponente e minacciosa come una montagna di metallo.
«Questa è la nostra occasione!» dichiarò Babul, gonfiando il petto come se fosse su un palco teatrale. «Ieri ci siamo esercitati, oggi, preparatevi per il vero abbordaggio!»
«Abbiamo solo una corda e un gancio», osservò Ganesh, «E il gancio è di plastica», concluse. «Silenzio! Un vero pirata non si lamenta mai delle sue risorse!» rispose Babul, sistemando la benda, che ora gli copriva un orecchio.

La partenza della scialuppa

La scialuppa, miracolosamente ancora galleggiante dopo le riparazioni che Ganesh fece nottetempo, venne calata nuovamente in mare. Stavolta l'intera ciurma si era messa d'accordo per portare una pompa decente, ma nessuno si era ricordato di portare le pagaie. Così si ritrovarono a remare con le mani, finché Ravi non si tolse una ciabatta e iniziò a usarla come remo.

Dopo venti minuti di avanzamento a zig-zag, finalmente abbordarono la *Malabar Queen*.

La nave era così alta che, guardandola, Babul ebbe un leggero capogiro. Lanciarono la corda che si agganciò ad uno spuntone arrugginito che sporgeva a metà scafo. «Allora», disse, «chi si arrampica per primo?»

«Non io!» rispose Amit.

«Nemmeno io!», aggiunse Ganesh.

Alla fine fu Ravi a prendere il coraggio a due mani e ad aggrapparsi alla corda. Dopo un'eroica salita di circa tre metri, la corda si spezzò e Ravi cadde in acqua con un tonfo, inzuppando tutti gli altri.

La comunicazione con il cargo

Babul, frustrato, decise di passare al piano B: spaventare l'equipaggio del cargo con minacce. Tirò fuori il megafono. «FERMATEVI SUBITO! QUESTA È UNA RAPINA!» gridò, ma il megafono emise un suono flebile e gracchiante che sembrava più una vecchia radio disturbata.

Il Capitano della *Malabar Queen* prese il microfono del sistema di comunicazione e rispose con la potenza di mille watt: «Non vi sentiamo! Di cosa avete bisogno? Di un caffè?»

I pirati cercarono nuovamente di arrampi-carsi lanciando la corda risultante dall'unione dei due pezzi di quella laceratasi nell' attacco precedente. La lanciarono goffamente, ma Ganesh,

salendo, si incastrò nel nodo di riparazione, cadendo in acqua.

Ravi, dal canto suo, risalito sulla scialuppa dopo il tuffo in mare durante il primo attacco fallito, cercava un asciugamano per asciugarsi prima di Ganesh che, una volta issato a bordo, glielo avrebbe certamente strappato di mano lasciandolo bagnato e infreddolito.

Dal ponte del cargo, il capitano della *Malabar Queen* chiamò ad assistere alla scena gli altri ufficiali. Tutti scoppiarono un una risata. «Che stanno facendo?» chiese il primo ufficiale al capitano. «Credo… stiano tentando un arrembaggio», rispose il capitano, scuotendo la testa. L'equipaggio del cargo decise allora di divertirsi un po'.

Presero un secchio d'acqua e zucchero e lo versarono sui pirati, riempiendo la scialuppa che in un attimo si abbassò sull'acqua fino al bordo.

«È acqua dolce!» esclamò Amit, che trovò il tempo di assaggiarla.

«È acqua e zucchero, Amit! In mare per acqua dolce si intende l'acqua non salata», disse Ravi, sistemandosi gli occhiali rotondi pieni di goccioline. «Con questo gesto ci stanno dicendo che ci considerano dei mocciosi», concluse Ravi.

«Stiamo affondando! Stiamo affondando!» allarmato, tornò ad esclamare Amit. Ora, infatti, l'acqua sulla scialuppa stava superando il paramare: il bordo rialzato utile a impedire all'acqua di entrare e allagare la scialuppa.

I pirati non si persero d'animo e in un sussulto di orgoglio, sotto la direzione di Babul, Ganesh e Ravi si attivarono per svuotare la barca dall'acqua, utilizzando uno la pentola di Amit e l'altro le mani giunte a cucchiaio.

Per la terza volta lanciarono il gancio di plastica verso il ponte del cargo. Questa volta Il gancio si staccò dalla corda, volò nell'aria come un frisbee, e colpì Ganesh in testa, facendolo cadere in acqua. «Ben fatto, Ganesh! Distraili!» gridò Babul, confondendo l'incidente con un atto eroico.

La fuga del cargo

A questo punto, la *Malabar Queen*, stufa del teatrino, accelerò.

La scialuppa dei pirati venne sbalzata indietro dalle onde e si rovesciò. In un batter d'occhio i pirati si ritrovarono in acqua, nella nuova veste di naufraghi annaspanti, aggrappati alla scialuppa, che, ancora galleggiava, sostenendoli. «Che facciamo adesso, Capitano?» chiese Amit, sputacchiando acqua salata. «Non preoccuparti», rispose Babul, con la solennità di un condottiero. "Ho già un nuovo piano!"

«Che... sarebbe?» chiese Ravi.

«Non ne ho ancora idea, ma ci penso mentre torno alla nave», disse Babul, nuotando a rana verso la *Sciabola Storta,* con la sua benda che si era spostata sulla nuca, trasformandosi, ora, in una bandana.

L'inseguimento

Ritornati a bordo della *Sciabola Storta*, fradici e demoralizzati, i pirati si guardarono in silenzio. Per un istante, sembrò che la ciurma si stesse rendendo conto dell'assurdità della loro impresa. Poi, il capitano Babul Singh si alzò in piedi, con un'espressione determinata e un asciugamano che si era annodato intorno alla testa come una corona.

«Non è finita!» tuonò, battendo il pugno su una botte vuota (che si ruppe, spargendo frammenti ovunque). «Quella nave è piena di tesori, e noi la raggiungeremo! Ganesh, accendi il motore!»

Ganesh, che non era mai stato un grande genio della meccanica, aprì lo sportello del motore e lanciò un'occhiata perplessa. «Capitano, c'è un problema.»

«Quale problema?» chiese Babul.

«Non c'è il motore. L'abbiamo tolto prima di partire per fare spazio ai sacchi di riso.»

«Ma… allora cos'è che fa rumore quando navighiamo?» chiese Ashi, che, sempre più sbalordita, assisteva alle operazioni. Ganesh sollevò un vecchio ventilatore. «Questo.»

«Non importa!» disse Babul, senza perdere un grammo del suo entusiasmo. «Tireremo su le vele e useremo il vento!»

«Capitano!», intervenne Amit, «Le vele sono piene di buchi. Sembrano più una zanzariera.»

L'improvvisazione

«Non importa! Le ripareremo! Ashi ci insegnerà come fare.»

Dopo un'ora di lavoro, sotto la direzione di Ashi, la ciurma era riuscita a rattoppare le vele usando camicie vecchie, alcune canottiere, qualche mutanda, sacchetti della spesa e persino un tappeto.

Il risultato sembrava un patchwork artistico. Tuttavia, incredibilmente, la nave iniziò a muoversi.

«Ci siamo!» urlò Babul, con gli occhi che brillavano. «Presto, all'inseguimento della *Malabar Queen*! Ravi, prendi il binocolo!»

Ravi prese il binocolo e scrutò l'orizzonte. «Capitano… non vedo niente.»

«Come sarebbe a dire? Dove sono finiti?»

«Credo… credo che siano già a più di trenta miglia marine da qui.»

Babul si strofinò il mento, pensieroso. «Va bene. Li raggiungeremo!» esclamò.

Il viaggio fu un disastro fin dall'inizio. Le onde sembravano prendersi gioco della nave, facendola oscillare come un'altalena durante un terremoto. Per il mal di mare Amit si mise a vomitare nella pentola dove stava preparando un curry, mentre Ganesh tentava di mantenere l'equilibrio e cadde direttamente nella dispensa, rovesciando tutte le scorte di riso che furono subito assalite dai topi.

«Attenti, nave all'orizzonte!» urlò Ravi, anche se la *Malabar Queen* era ancora tanto lontana da non essere nemmeno riconoscibile con certezza.

Attacco ad alta tecnologia.

A un certo punto, mentre la ciurma iniziava a disperarsi, a Babul venne un'idea brillante. «Usiamo il mio segreto!» annunciò, tirando fuori un piccolo drone telecomandato. Era un vecchio modello giocattolo in polistirolo, Un acquisto fatto ad una fiera dell'elettronica per regalarlo a suo nipote ma che tenne per sé. Babul era convinto che con quella tecnologia le sorti della battaglia non potessero che volgere a loro favore.

«Lo caricheremo con un messaggio intimidatorio e lo faremo volare sulla nave nemica», spiegò. «Capitano, il drone funziona a batterie?» chiese Ganesh.

«Sì!»

«Allora è inutile. Le batterie sono tutte scariche.»
Ci furono alcuni momenti di silenzio, poi Babul rivolto ad Amit: «Vai a prendere le batterie scariche del megafono.»

«Ma il megafono non funziona proprio senza…»

«Zitto e portale!»

Dopo aver recuperato le batterie, troppo scariche per il megafono ma che fornivano ancora energia sufficiente per il volo, il drone fu lanciato in aria. Si alzò con un ronzio debole, portando a fatica con sé un lenzuolo con una scritta in inglese "STOP OR YOU WILL DEAL, DEAL WITH US" che

significa: "Fermatevi o farete i conti, i conti con noi". Quella di scrivere il messaggio in inglese fu un'idea di Ravi che volle dare un tocco di internazionalità alla missione piratesca. La ripetizione dell'espressione "i conti", poi, gli parve caricare di maggiore serietà la minaccia.

L'idea sarebbe anche stata buona, se non fosse che il drone volò per circa trenta secondi, prima di precipitare in mare con un ultimo squittìo, e fu subito ingoiato da un grosso squalo che seguiva la barca fin dal pomeriggio precedente, quando percepì i suoni e gli odori provenienti dalla ciurma che a nuoto, cercava di raggiungere la nave pirata, ma che era arrivato sul posto troppo tardi per uno spuntino... erano fortunatamente già tutti riusciti a portarsi in salvo salendo a bordo della *"Sciabola"*.

«Non lo vedo più…Ha funzionato?» chiese Babul, con speranza.

«No», rispose Ravi. «Ma ha fatto una bella curva prima di affondare.»

Dopo qualche istante, il drone riemerse malconcio dalle acque, rigettato dallo squalo con la stessa convinzione con cui si sputa una caramella avariata: il pesce non aveva gradito né il sapore di polistirolo, né il condimento all'acido delle batterie, e tantomeno la consistenza stopposa del lenzuolo con la scritta minacciosa.

Alla fine della giornata, la *Malabar Queen* era ormai irraggiungibile, e la *Sciabola Storta* galleggiava senza meta.

Babul si sedette sul ponte, guardando l'orizzonte. «Non è finita,» mormorò, con un sorriso determinato. «Domani troveremo un altro piano.»

«Capitano», ruppe il silenzio Amit, «le derrate alimentari sono finite: alcune le hanno mangiate i topi e non abbiamo più cibo per domani.»

«Allora sarà un piano a stomaco vuoto!» rispose Babul, come se fosse una virtù.

Le avvisaglie di un ammutinamento

Dopo tre giorni di inseguimento infruttuoso e a digiuno, la *Sciabola Storta* sembrava una nave fantasma.

Non c'era cibo, il vento aveva strappato le vele rattoppate, e il morale della ciurma era talmente basso che persino le formiche di bordo avevano deciso di abbandonare la nave (saltando in mare con minuscoli salvagenti fatti con le spezie di Ravi).

Babul Singh, però, continuava a comportarsi come un condottiero epico, nonostante la ciurma fosse a un passo dal lanciarlo in acqua. «Ragazzi, stiamo per farcela! Sentite nell'aria? Questo è l'odore del successo!» annunciò, sventolando un remo come fosse una bandiera. «Capitano, questo è l'odore del curry andato a male», rispose Amit, con il volto pallido e lo stomaco in subbuglio.

Le prime crepe

La prima a cedere fu la pazienza di Ravi. «Non ce la faccio più! È ridicolo! Abbiamo una nave che cade a pezzi, un capitano che non sa distinguere una bussola da un frisbee e niente da mangiare tranne… beh, niente da mangiare proprio!» Ganesh annuì, sollevando un pesce crudo che aveva pescato con le mani. «Questo è il nostro pranzo.»

«Non lo è più!» esclamò Ashi, rubandoglielo e scappando via con una velocità sorprendente.

Amit, il più pacifico del gruppo, cercò di calmare gli animi. «Dai, ragazzi, non possiamo arrenderci. Magari troviamo un'isola vicina!»

«A che serve trovare un'isola? Non abbiamo neanche un piano!» sbottò Ravi.

«Ho un piano!» intervenne Babul, alzandosi in piedi con teatralità. La ciurma lo guardò con un misto di speranza e sospetto. «Ci fermiamo qui, ripariamo la nave e poi costruiamo una catapulta gigante per abbordare la *Malabar Queen*!» dichiarò con orgoglio.

«Una catapulta...» ripeté Ganesh, incredulo. «Con quali materiali?»

«Con... legno, ovviamente! Taglieremo l'albero maestro!»

«Ma è l'unica cosa che tiene in piedi questa nave!» urlò Ravi, esausto.

La ribellione scoppia

Fu in quel momento che la situazione esplose. Ravi si alzò in piedi, puntando il dito contro Babul. «Basta! Questo è un ammutinamento! Non possiamo più seguire un capitano così incompetente!» Babul sembrò scioccato.

«Ammutinamento? Ma io sono il capitano! Mi avete votato voi!»

«Solo perché eri l'unico con un cappello da pirata», rispose Ashi, mentre cercava ancora di masticare il pesce crudo.

«Ma io ho il carisma!» ribatté Babul. «Hai carisma quanto una tartaruga che dorme», mormorò Amit, guadagnandosi un'occhiataccia.

L'elezione di un nuovo Capitano

La ciurma decise di indire una votazione per eleggere un nuovo capitano. Ognuno scrisse il nome di un candidato su un pezzo di carta. Quando fu il momento di leggere i voti, ci fu una grande sorpresa. «Allora», iniziò Ravi, «abbiamo due voti per me, uno per Ganesh… e uno per la pentola del curry.» A Babul fu impedito di votare.

La ciurma si girò verso Amit. «Beh,» disse, arrossendo, «la pentola almeno non parla.»

Ravi fu dichiarato nuovo capitano. «E ora cosa facciamo?» chiese Ganesh.

«Per prima cosa,» rispose Ravi, «mangiamo qualcosa. Qualunque cosa.»

La scoperta del baule misterioso

Frugando nella stiva, Ganesh trovò un vecchio baule in legno dimenticato, incastrato sotto le assi del pavimento. Lo aprirono con grande fatica, sperando in un miracolo. All'interno c'erano... scatole di gallette scadute da tre anni e alcune lattine di zuppa di pomodoro.

«Non è molto, ma è meglio di niente», disse Amit, già intento a sbriciolare le gallette in una pentola per farle sembrare un pasto decente.

Il piano alternativo di Babul

Mentre la ciurma festeggiava la scoperta del "tesoro", Babul Singh, ormai ridotto a un "capitano emerito" osservava la scena da lontano, con un'espressione cupa. Non aveva intenzione di accettare l'ammutinamento.

Quindi si ritirò nella sua cabina, dove si mise accovacciato: davanti a sé una candela accesa (che continuava a spegnersi per il vento) e una mappa nautica su cui scarabocchiava il suo nuovo piano di riconquista del comando, ma le sue idee erano davvero confuse.

Non si rendono conto mormorava tra sé e sé, *che senza di me questa nave sarebbe... beh, esattamente come è ora. Ma non importa! Io sono il cuore di questa ciurma! Devo solo ricordarglielo.*

Per ore scrisse, cancellò, riscrisse e, alla fine, prima di scivolare nel sonno, scarabocchiò sul retro della mappa nautica il suo piano: una poesia intitolata *Ode alla Pentola del Curry*.

Il discorso motivazionale

Il mattino seguente, con il sole che sorgeva come un faro di speranza (o almeno così lo descrisse Babul), l'ex-capitano salì sul ponte con un'espressione solenne e il suo discorso-poesia in mano. «Fratelli!» iniziò, interrompendo Amit che stava raccontando una barzelletta su un pappagallo e un tesoro. «Capitano», intervenne Ravi, «tu non sei più il capitano.»

«Zitto! Lasciami parlare! Ho un piano!«

La ciurma, incuriosita (o forse solo annoiata), si riunì intorno a Babul.

«Questa nave è un simbolo!
Il nostro simbolo,
È il simbolo di chi siamo:
persone coraggiose, ambiziose, e lo sappiamo.
Pronte a tutto per... per... ehm...», perse il segno...

«Per il curry?» interruppe, suggerendo, Amit.

«NO! Per i tesori! Siamo pirati! E come pirati, dobbiamo essere uniti, anche di fronte alle avversità.» rispose Babul, rinunciando a ritrovare il segno sul foglio.

«Qual è il piano?» chiese Ganesh impedendogli di riprendere l'ode.

«Il piano... è usare l'astuzia!» concluse Babul, alzando le braccia come un condottiero e rinunciando definitivamente di terminare la lettura del suo discorso poetico.

La mossa astuta

Babul spiegò che avrebbero attirato la *Malabar Queen* in una trappola. L'idea era semplice: creare una finta isola usando tutto ciò che avevano a bordo (che non era molto), in modo che la nave cargo si fermasse a investigare. Una volta che l'equipaggio del cargo fosse sceso, loro avrebbero preso il controllo.
«E come costruiamo un'isola?» chiese Ravi, scettico. «Con legno, stoffa e... fantasia!" rispose Babul, come se fosse una lezione di bricolage.

La costruzione dell'isola

La ciurma, seppur controvoglia, si mise al lavoro. Il progetto prevedeva:

- il vecchio albero maestro come "picco della cordigliera centrale";
- le vele rattoppate come improbabili pendici innevate di un'isola tropicale;
- le scatole vuote di gallette e zuppa a formare una sorta di spiaggia.

Dopo alcune ore di lavoro e numerosi litigi, l'isola finta era pronta. Era più simile a una scultura surrealista che a un'isola vera, ma a Babul sembrava un capolavoro.

«Perfetto!» disse, ammirando il risultato. «Ora la lasciamo alla deriva e aspettiamo.»

«Ma non galleggia», osservò Ganesh.

«Non importa! La spingeremo!»

L'operazione fallisce (ovviamente)

Dopo aver spinto l'isola in acqua, la ciurma si accorse che le onde la stavano smontando pezzo per pezzo. La "spiaggia" sprofondò immediatamente, seguita dalle "palme", e alla fine l'albero maestro rimase a galleggiare come un tronco qualsiasi. «Beh, almeno ci abbiamo provato», disse Amit, cercando di vedere il lato positivo.

Mentre la ciurma si lamentava del tempo perso, un'ombra imponente si avvicinò. Era un peschereccio locale, attratto dai pezzi di legno galleggianti che credeva fossero relitti preziosi.

L'incontro con i pescatori

Il capitano del peschereccio, un uomo robusto e dall'aria bonaria, salì a bordo della *Sciabola Storta*.

«Chi siete?» chiese, guardando l'improbabile equipaggio.

«Siamo... pirati!» dichiarò Babul, cercando di sembrare minaccioso.

«Pirati? Con questa barca?!» il pescatore scoppiò a ridere così forte che dovette sedersi.

Dopo qualche minuto di risate, il pescatore decise di offrire ai pirati qualcosa da mangiare in cambio del racconto delle loro disavventure. La ciurma, affamatissima, accettò con entusiasmo, narrando tutto nei minimi dettagli.

«Devo ammettere», disse il pescatore alla fine, «che siete il gruppo di pirati più assurdo che abbia mai incontrato.

Ma se volete davvero catturare quella nave cargo, vi serve qualcosa di meglio.

«Cosa?« chiese Ravi, speranzoso.

«Una vera barca. E forse anche un po' di buon senso.»

L'alleanza inaspettata

Il capitano del peschereccio, che si chiamava Kabir Patel, era un uomo con un'innata capacità di risolvere problemi pratici. Era un uomo di mare con una lunga esperienza, abituato a gestire reti incastrate, motori in panne e, occasionalmente, squali che cercavano di mangiarsi le sue scorte di pesce. Ma mai, in tutta la sua vita, aveva incontrato un gruppo di pirati così incompetente.

«Se volete davvero catturare quella nave cargo», disse, osservando la *Sciabola Storta* come si guarda un vecchio carretto cigolante, «dovrete seguire il mio piano. E per cominciare... dobbiamo riparare questa barca.»

La riparazione della "Sciabola Storta"

La ciurma, ora con rinnovato entusiasmo all'idea di avere un esperto al comando (anche se temporaneo), seguì gli ordini di Kabir.

«Ganesh, trova qualcosa che assomigli a un martello!» Ganesh tornò con un cucchiaio di legno. «Non è proprio quello che intendevo, ma meglio di niente», sospirò Kabir.

Per due giorni, i pirati e il capitano del peschereccio lavorarono fianco a fianco, utilizzando anche pezzi del peschereccio, reti da pesca e persino alcuni manici di padella, per rinforzare la struttura del vascello pirata. Alla fine, la *Sciabola Storta* sembrava un po' meno storta, anche se le sue vele erano ancora più patchwork di prima.

«Non è una nave da guerra», commentò Kabir, «ma almeno non affonderà al primo colpo di vento.»

«Perfetto!» esclamò Babul, riprendendo la sua aria da capitano, «Ora possiamo tornare alla caccia della *Malabar Queen*!»

La proposta di Kabir

«Aspettate», intervenne Kabir. «C'è un'altra opzione.»

«Quale?» chiese Ravi, sospettoso.

«Ho sentito dire che la *Malabar Queen* fa scalo a Port Mangala ogni due settimane per fare il nuovo carico di merce. Potremmo attaccarla quando è attraccata per le operazioni di carico.»

La ciurma si guardò perplessa. «Attaccarla in porto? Non è un po'… rischioso?» chiese Amit.

«Nel corso delle operazioni di carico è il momento in cui è più vulnerabile perché è bloccata, non può scappare. E poi è molto meno rischioso che inseguirla nell'oceano con una barca che sembra un puzzle», rispose Kabir.

Dopo una breve discussione (in cui Ganesh propose di travestirsi da commercianti di spezie e Amit suggerì di usare il drone giocattolo di polistirolo recuperato dall'oceano come "arma segreta"), decisero di seguire il piano di Kabir.

Verso Port Mangala

Il viaggio verso Port Mangala fu sorprendentemente tranquillo. La ciurma, ormai più rilassata, passò il tempo a inventare nuovi insulti per Babul (che prendeva tutto con filosofia) e a discutere su come avrebbero speso i "tesori" una volta conquistati.

«Mi comprerò una nave vera», dichiarò Ravi.

«Io aprirò un ristorante di curry», disse Amit.

«E io… acquisterò un drone-pirata in scatola di montaggio», aggiunse Ganesh, con sognante determinazione.

Quando finalmente avvistarono le luci del porto, la ciurma della *Sciabola Storta* era pronta a entrare in azione.

Il piano di attacco

Amit spiegò il suo piano:

Dapprima la ciurma si sarebbe travestita da scaricatori di porto per infiltrarsi nella zona di carico e avere accesso alla stiva della nave.

Quindi, una volta a bordo della *Malabar Queen*, avrebbero legato l'equipaggio come dei salami e avrebbero preso il controllo della nave.

Infine, avrebbero navigato verso un'isola deserta (che nessuno sapeva dove fosse) per spartirsi il bottino.

«Che travestimenti usiamo?» chiese Ravi. «Usiamo quello che abbiamo», rispose Kabir. Poi aggiunse: «Ganesh, vai a prendere le reti da pesca.»

La ciurma si ritrovò avvolta in reti e corde, con Babul che indossava un secchio come elmo e Amit che cercava di nascondere il suo viso dietro una padella. Sembravano più un gruppo teatrale in disgrazia che pirati, ma nessuno sembrava preoccuparsene.

Il disastro (annunciato) sul molo

Quando arrivarono al molo, cercarono di muoversi con discrezione. Ma la discrezione non era il punto forte di Babul, che inciampò in un barile e fece cadere Kabir in una pila di casse. «Chi siete voi?!» gridò una guardia del porto, accorrendo.

«Siamo… siamo pescatori!» improvvisò Amit.

«All'una di notte?»

«Eh… pesci notturni… Sono i migliori», balbettò Ganesh.

La guardia sembrò scettica, ma prima che potesse fare altre domande, Kabir intervenne. «Lascia stare, sono con me. Dobbiamo imbarcare un carico speciale per domani e siamo venuti a verificare se ci sono spazi e mezzi idonei.»

Riconoscendo Kabir, la guardia li lasciò passare pur con un cipiglio sospettoso.

L'abbordaggio

Quando finalmente raggiunsero la *Malabar Queen*, la ciurma era nervosa. Salirono a bordo cercando di non fare rumore, presentandosi alla guardia di picchetto come la squadra di caricatori ingaggiati per l'indomani, ma la loro goffaggine li tradì subito. Ganesh inciampò su una cima, tirandosi dietro Amit, che urtò una pila di contenitori metallici, creando un fracasso assordante.

«Chi va là?!» urlò il capitano della *Malabar Queen*, accendendo tutte le luci della nave, che illuminarono fin tutto il molo. L'equipaggio udendo l'urlo di allarme si armò immediatamente, ben sapendo che al terzo 'chi va là' del capitano avrebbero potuto aprire il fuoco perché significava che sarebbero stati sotto attacco pirata.

«Sono i caricatori di domani!» urlò la guardia.

«Sono impostori» replicò il capitano. «Sono i pirati che da giorni cercano di assalirci!» e, senza più esitare «Aprite il fuoco! Diamogli una lezione!»

La fuga epica (o quasi)

Realizzando che il loro piano era fallito, la ciurma della *Sciabola Storta*, non aveva altra via di uscita che la fuga. Tra le pallottole fischianti che li sfioravano saltarono giù dalla nave uno dopo l'altro, cercando di raggiungere la *Sciabola Storta*. Ma in mezzo alla confusione, Babul si trovò intrappolato nella sua stessa rete da pesca e cadde in acqua. Vi restò fino a quando fu tirato su come un pesce gigante dal peschereccio di Kabir che lo soccorse.

«Beh», disse Kabir, osservando Babul che si dimenava nella rete, «per prima cosa siamo tutti vivi e nessuno è ferito, e poi abbiamo anche recuperato il pesce-capitano. Possiamo dire che è stato un successo!»

Un ritorno "trionfale"

Dopo la disastrosa fuga dalla *Malabar Queen*, la ciurma si rifugiò al sicuro nel peschereccio di Kabir.

Mentre il sole iniziava a sorgere all'orizzonte, tingendo l'oceano di un arancione brillante, i pirati si ritrovarono nella loro condizione abituale: umiliati, affamati e con le tasche ancora vuote.

Seduti sul ponte, tutti erano in silenzio, eccetto Babul, che continuava a lanciare improbabili scuse. «Se non fosse stato per quella maledetta cima sulla quale Ganesh è inciampato, saremmo riusciti! Lo so!» dichiarò, mentre Ravi scuoteva la testa. «Capitano... o ex-capitano», rispose Ravi, «smetti di giustificarti. L'unica cosa che abbiamo catturato in tutta questa storia sei stato tu stesso, nella rete da pesca.»

Ganesh ridacchiò. «E non è stata nemmeno una grande cattura!»

La sera, ospiti di Kabir, dopo una cena in compagnia, dormirono sulla sua barca ben sapendo che il loro incontro piratesco si sarebbe concluso così.

L'epifania di Amit

Il giorno dopo, risaliti sulla *Sciabola Storta*, salparono. Durante il viaggio verso... non si sa bene quale meta, Amit, noto per il suo atteggiamento positivo, improvvisamente si alzò con un lampo di ispirazione. «Ragazzi, sapete qual è il nostro problema?»

«Tutto?» suggerì Ravi.

«No, no. Il nostro unico problema è che non abbiamo una vera identità pirata! Pensateci: le grandi leggende dei pirati avevano storie epiche, nomi spaventosi, bandiere iconiche. E noi? Siamo solo... confusi.»

Il gruppo ci pensò su.

«Forse Amit ha ragione», ammise Ravi. «Dobbiamo costruirci una reputazione. Ma come?»

L'idea di Babul

«Facciamo una cosa!» esclamò Babul, cercando di riprendersi un minimo di autorità. «Creiamo la bandiera pirata più intimidatoria di sempre. Una volta che tutti vedranno la nostra bandiera, tremeranno di paura!»

Ganesh guardò le vele rattoppate e un vecchio lenzuolo che penzolava dall'albero maestro. «Con cosa la facciamo? Non abbiamo materiali.»

«Improvviseremo!» rispose Babul, con la sicurezza di chi non ha mai imparato dai propri errori, e nel contempo facendo impazzire di nervosismo Ravi, che odiava visceralmente qualsiasi improvvisazione, precisino com'era; e che, per non mortificare la ciurma con delle osservazioni negative preferì mordersi la lingua per impedirsi di parlare.

«Ci aiuterà ancora una volta Ashi» disse Babul.

La creazione della nuova bandiera

Così la ciurma ripreso ancora una volta entusiasmo, sotto la direzione creativa di Ashi si mise al lavoro con ciò che aveva:

Ravi fu incaricato di disegnare un teschio con il carbone di un vecchio fornello.

Amit ricevette l'ordine di usare alcuni resti di curry essiccato per colorare una decorazione di minaccioso rosso sangue e per disegnare una pentola di curry, che mantenesse continuità con la vecchia bandiera e riprendesse la tradizione del vascello pirata.

Ganesh, seguendo i preziosi suggerimenti di Ashi, cercò di aggiungere altri dettagli intimidatori, ma, essendo negato nel disegno, il risultato fu che il teschio era diventato un'emoticon sorridente in bianco e nero.

Ashi, pur complimentandosi per il lavoro svolto, per non demotivarlo, suggerì delle correzioni allo scempio realizzato, convincendo Ganesh ad abbandonare il suo progetto e proponendogli di andare a svuotare la stiva che si stava riempiendo d'acqua. Ganesh accettò.

Ritornati sull'idea del teschio di Ravi, Ganesh, che si stava avviando verso la stiva, ebbe un colpo di genio: si voltò e disse: «E se togliessimo alcuni denti al teschio disegnato da Ravi e gli aggiungessimo una crepa sulla fronte perché

 sembri più aggressivo?» Tutti gli astanti rimasero senza fiato. «Geniale!» esclamò Ashi.

Ganesh, ottenuta una pacca sulla spalla da Ashi in segno di approvazione, si sentì un vero artista e si avviò verso la stiva visibilmente soddisfatto.

Quando la bandiera fu issata, sembrava più un invito a una festa di Halloween che un simbolo di terrore. «È... unica», commentò Ashi, sorridendo divertita.

L'incontro con i pescatori

Ripresero la navigazione, e mentre galleggiavano alla ricerca di un ennesimo ormeggio sicuro dove passare la notte, incontrarono un piccolo peschereccio. Quando i pescatori videro la nuova bandiera della *Sciabola Storta*, si fermarono, curiosi. «State organizzando una sagra del mare?», gridò uno di loro.

La ciurma rimase senza parole, ma Babul prese il comando.

«NO! Siamo pirati temibili! Dateci tutto il pesce che avete... o... o...»

«Oppure cosa?», chiese uno dei pescatori, ridacchiando.

«Oppure vi mandiamo un terribile invito alla nostra... festa pirata!» intervenne Amit, trasformando la minaccia in uno scherzo.

I pescatori, divertiti dall'audacia dei disperati, regalarono loro un paio di casse di pesce. Fu così che la ciurma, si assicurò anche per quel giorno di mettere qualcosa "di serio" sotto i denti.

Il momento di riflessione

Mentre banchettavano con il pesce alla griglia (cotto da Amit, ovviamente), Ravi alzò un bicchiere d'acqua di mare e propose un brindisi. «Ragazzi, siamo lontani dall'essere pirati di successo, ma siamo una squadra. E questo conta. Forse non abbiamo catturato la *Malabar Queen*, ma abbiamo catturato... l'arte di non prenderci troppo sul serio.»

La ciurma brindò, anche se non tutti avevano capito il significato del discorso.

Un'ultima speranza

Il vascello galleggiò nell'oceano indiano per giorni. Quando finalmente avvistarono il piccolo porto di Kochi, il luogo da dove tutto era iniziato, la ciurma era stanca ma stranamente ottimista. Avevano perso la nave cargo, fallito in ogni piano e persino ridicolizzato il loro stesso ruolo di pirati. Ma, in qualche modo, erano ancora insieme.

Il ristorante pirata

Quando la ciurma della *Sciabola Storta* sbarcò, una cosa era chiara: la loro carriera di pirati doveva evolversi. La *Malabar Queen* era ormai un ricordo lontano, e il desiderio di avventura stava lentamente cedendo il passo a un obiettivo più concreto.

«E se usassimo le nostre capacità per qualcosa di diverso?» propose Amit, passeggiando con gli altri per il centro storico del paesino di Kochi che accoglieva il porto.

«Quali capacità?» chiese Ravi, con una risata.

«Beh... sappiamo cucinare, urlare ordini, e creare piani terribili. Tutte cose che servono in un ristorante!»

La ciurma ci pensò su. Ganesh sembrava particolarmente entusiasta.

«E potremmo chiamarlo *L'Ancora del Curry*!»

L'inizio dei lavori

Con il nome deciso e un entusiasmo rinnovato, iniziarono a lavorare per trasformare un vecchio magazzino vicino al porto in un ristorante.

Babul prese il comando (naturalmente) e si autoproclamò "Manager Supremo".

Ganesh si occupò della decorazione, trasformando il magazzino in una sorta di covo pirata, con reti appese al soffitto e una bandiera che, finalmente, sembrava più minacciosa.

Amit si dedicò alla cucina, sperimentando ricette che combinavano spezie indiane con piatti "pirateschi". Il risultato? Piatti come "Pollo alla Sciabola" e "Curry dei Sette Mari".

Ravi, che non aveva alcuna abilità culinaria, si offrì per svolgere quello in cui era specializzato come cassiere e contabile a cui i conti non tornavano mai.

Ashi si propose come cameriera. Un po' grezza nei movimenti, come si conviene ad ogni buona pirata, sarebbe stata perfetta in quel ruolo, che le fu assegnato all'unanimità.

Il giorno dell'apertura

Il giorno dell'inaugurazione, la ciurma era in fermento. Avevano appeso una grande insegna con scritto *L'Ancora del Curry – Cucina con Attitudine Pirata*.
La notizia dell'imminente apertura di un ristorante innovativo di cucina piratesca si era sparsa rapidamente tra i pescatori locali, i mercanti e persino le guardie del porto, Tutti erano curiosi di vedere cosa si fossero inventati di nuovo quei buffi ex-pirati.

I primi clienti

I primi avventori furono un gruppo di pescatori che, entrando, rimasero sbalorditi dalla decorazione. «È come essere dentro una nave pirata!» disse uno di loro. «Con l'aggiunta di un forte odore di curry», aggiunse un altro.
Ashi uscì dalla cucina con un vassoio traboccante di piatti colorati. «Benvenuti! Ecco il nostro piatto del giorno: il *"Curry dei Sette Mari"* fatto con amore e un pizzico di avventura!»
I clienti, inizialmente dubbiosi, si lasciarono conquistare dal sapore unico dei piatti. «È incredibile!» esclamarono. «Cosa ci mettete dentro?»
«Segreti pirateschi», rispose Ashi, sorridendo e strizzando scherzosamente un occhio.

L'idea geniale dei post-it

Entro la fine della prima giornata di apertura, la voce si era sparsa in tutto il porto.

I clienti lasciarono ottime recensioni scritte su dei post-it colorati, che Ganesh ebbe l'idea di mettere ai tavoli 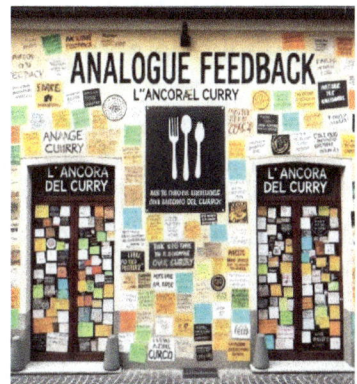 assieme ad una penna e un calamaio, per poi affiggerle su una parete esterna del ristorante dove dominava la scritta, in inglese "Feedback analogici":

"Un'esperienza indimenticabile! Il curry più avventuroso che abbia mai assaggiato!"

"Il servizio è lento, ma almeno ti portano da mangiare con un sorriso (e un po' di confusione)."

"Consiglio vivamente il Pollo alla Sciabola, anche se la decorazione del piatto sembra fatta da un marinaio ubriaco."

Il piccolo problema del conto

La giornata sembrava un successo, fino al momento di fare i conti. Ravi, che gestiva la cassa, si accorse che avevano speso più di quanto avessero guadagnato. «Abbiamo dato troppe porzioni gratis», disse, guardando Babul. «Chi ti ha detto di offrire sconti a tutti quelli che indossavano una bandana?», proseguì.

«Era una strategia di marketing!» si difese Babul. «Bandane uguale pirati e pirati uguale clienti fidelizzati!»

«Se continuiamo così, ne usciremo più poveri di prima», sospirò Ravi.

Una visita inaspettata

Proprio mentre la ciurma discuteva su come risolvere il problema, la porta si aprì e Kabir, il capitano del peschereccio, entrò. «Ho sentito dire che avete aperto un ristorante», disse, guardandosi intorno.

«Kabir! siamo in chiusura, ma per te riapriamo la cucina: sei nostro ospite d'onore! Per te, questa sera, tutto gratis!», esclamò Babul.

«Ma come?» obiettò Ravi che aveva appena contestato una gestione troppo "di manica larga" che li avrebbe portati alla rovina. «Shht», fece Babul a Ravi cercando di farlo tacere, «che non ti senta, ricorda che ci ha salvato con il suo peschereccio! Gli dobbiamo riconoscenza!»

Dopo aver assaggiato un piatto, Kabir annuì soddisfatto. «Devo ammettere, avete talento. Ma vi serve un aiuto con la gestione, e io potrei fare al caso vostro.»

La ciurma, entusiasta di avere di nuovo una vera guida che potesse organizzare l'attività, lo accolse nello staff e anche Babul si sottomise all'autorità del nuovo coordinatore.

La nuova alleanza

Con le capacità organizzative di Kabir e la creatività caotica della ciurma, L'Ancora del Curry iniziò a prosperare. I piatti miglioravano, il servizio diventava sempre più organizzato (anche se rimaneva eccentrico).

Ashi aveva migliorato la sua postura frequentando un corso di danza classica e ora risultava una pira-cameriera aggraziata e apprezzata.

Anche Ravi, dopo aver frequentato un corso serale di contabilità on-line riusciva ora a fare le sottrazioni e persino iniziava a cimentarsi nelle moltiplicazioni e nelle divisioni, ma quel che era sorprendente era che i risultati delle operazioni che faceva iniziavano ad essere corretti e i conti del ristorante finalmente quadravano.

Insomma, la fama del ristorante *"L'Ancora del Curry"* si diffuse ben oltre il porto, ottenendo visite di personaggi famosi come il sindaco di Kochi; ricevettero la visita della televisione locale ed ospitarono gratuitamente alcuni youtuber a cui servirono assaggi di tutta l'offerta culinaria in cambio di una recensione positiva sul proprio canale (nonostante la contrarietà di Ravi, che ora, non sbagliando più un'operazione aritmetica, iniziava a sviluppare una certa taccagneria).

Ora i pirati avevano finalmente trovato il loro tesoro: una comunità che li rispettava e un'attività che li faceva sentire finalmente utili.

Il ricavato dei primi mesi di attività fu utilizzato da tutti per consentire a Babul e Ashi di "chiudere con il passato".

Babul si recò dal mercante del porto che gli aveva dato la barca con cui avrebbe dovuto portargli le spezie, chiedendogli come potesse riparare al fatto che mai gliene avesse portata una. Il mercante gli abbuonò il debito, apprezzando l'onestà di Babul, e d'altra parte, riconoscendo che quella che gli aveva concesso in uso era una bagnarola, prossima all'affondamento. Diventò, così, uno dei migliori clienti del ristorante. Poi andò alla *Locanda del Porto*, da dove aveva rubato le lenzuola per fare le vele della prima bagnarola e chiese di essere perdonato e di voler riparare all'errore fatto. Lì furono un po' meno cortesi: dapprima lo presero a male parole, lui mantenne la calma, e, continuando a chiedere il perdono dei locandieri che alla fine glielo concessero, raggiunsero un accordo amichevole.

Ashi, dal canto suo, chiese lo scioglimento del matrimonio combinato da cui era scappata all'inizio della nostra avventura. Il marito le concesse il divorzio a patto che fosse lei a pagare tutte le spese legali. Così fece con i fondi messi a disposizione dai compagni di ventura, ed ora aveva finalmente possibilità di rifarsi una propria, autentica vita sentimentale.

Il passato era ora finalmente un ricordo lontano ma erano tutti d'accordo che il loro fosse stato un percorso necessario da svolgere per conoscersi, comprendere i propri talenti e metterli a frutto. Non fossero mai stati pirati, non avrebbero mai aperto il ristorante.

Ringraziarono le forze del bene che non avevano loro permesso di fare del male a nessuno.

2
I Pirati Innamorati

La "Barracuda Stanca"

La **Barracuda Stanca** non era solo il nome di una nave pirata, ma un ritratto fedele dei quattro uomini che la governavano. Non era difficile immaginare perché si fosse guadagnata quel nome: il legno scricchiolava come se protestasse per ogni onda affrontata, le vele erano una ragnatela di toppe, e l'intera nave sembrava sospirare ogni volta che veniva chiesto un minimo di sforzo.

La ciurma, poi, era l'essenza stessa della disillusione. Pirati sì, ma con l'entusiasmo di un vecchio marinaio che ha smesso di credere nei tesori e si accontenta di un'amaca e un bicchiere di rum annacquato. Ma come erano arrivati lì? E perché, a quarant'anni suonati, navigavano ancora senza una meta precisa?

Il Capitano

Capitan **Rodrigo Uncinato** era l'incarnazione del classico pirata di mezza età, con un aspetto che raccontava ogni battaglia, ogni tempesta e ogni bicchiere di rum condiviso in una taverna fumosa. Alto e robusto, il suo corpo aveva l'aria di chi un tempo era stato possente, ma ora mostrava i segni del tempo e di una vita poco salutare: una leggera pancetta si intravedeva sotto la giacca, le spalle erano ancora larghe, ma comunicavano un'aria di stanchezza. Il suo viso era segnato da cicatrici: una sottile linea bianca attraversava il sopracciglio destro, e un'altra tagliava il mento quadrato. La sua pelle era scura e coriacea, bruciata dal sole e sferzata dal vento salmastro, con rughe profonde attorno agli occhi e alla bocca che raccontavano più di una risata (e parecchi insulti).

I suoi occhi erano piccoli e chiari, ma sempre vivaci, pieni di quel misto di furbizia e malinconia tipico dei vecchi pirati.

Erano occhi che sapevano osservare ogni dettaglio, tranne forse quelli più evidenti, come la propria goffaggine. Uno di essi era leggermente più socchiuso, forse a causa di una vecchia ferita o di troppi anni a scrutare l'orizzonte dal monocolo, sotto il sole cocente.

I capelli, un tempo neri e folti, ora erano striati di grigio e spesso disordinati, legati alla meglio con un pezzo di corda o lasciati cadere sulle spalle. La barba era un altro racconto di trascuratezza: incolta, irregolare, con qualche ciuffo bianco che sembrava voler ricordare a Rodrigo il peso dei suoi anni; la tagliava solo quando doveva partecipare a qualche webinar, in occasione del rinnovo della carta di identità e per qualche fotografia ritratto che gli scattavano in occasione di qualche intervista da parte di periodici pirateschi.

Il suo segno distintivo, però, era il famoso **uncino**: un attrezzo d'acciaio lucido che portava al posto della mano destra, persa in una battaglia sfortunata di cui parlava raramente (e ogni volta con una versione diversa).

Nonostante l'aspetto minaccioso, l'uncino era usato ormai solo per attività quotidiane – come grattarsi la testa o afferrare una bottiglia di rum – più che per veri combattimenti (a cui, ormai, neanche più partecipava).

Indossava una giacca di lana pesante, un tempo rosso scarlatto, ora sbiadita e consumata, con bottoni d'ottone mancanti qua e là.

Sotto, una camicia bianca macchiata, tanto da renderla grigia, e un gilet che non aveva più senso chiudere.

Pantaloni larghi e stivali alti completavano il suo aspetto, ma entrambi erano coperti da uno strato di sporco marino che non sembrava intenzionato ad andarsene.

Nonostante tutto, Rodrigo portava con sé un'aria di comando. Forse non era più il capitano affascinante di una volta, ma quando impostava la sua postura – schiena più dritta che poteva, petto in fuori e pancia in dentro – lasciava intendere che, sebbene fosse sgraziato, non si sarebbe mai piegato alle circostanze.

Rodrigo era un uomo che il mare non aveva domato, almeno non del tutto.

Era stato, in gioventù, un uomo pieno di sogni. Nato in un piccolo villaggio di pescatori lungo la costa messicana, aveva trascorso l'infanzia guardando le navi mercantili all'orizzonte e fantasticando di ricchezze e avventure. Ma la realtà era stata ben diversa.

Un giorno, da giovane marinaio, si era trovato in mezzo a una tempesta furiosa. La nave sulla quale lavorava era stata affondata da un attacco pirata, e lui era stato fatto prigioniero. Invece di arrendersi, aveva deciso di unirsi ai suoi rapitori, sperando di trovare gloria nei mari.

Ma la vita da pirata era tutt'altro che affascinante: lunghe giornate senza bottino, cibo pessimo e, soprattutto, quella disastrosa disfatta in battaglia: un'onta indelebile sull'onore, che la privazione della mano destra, perduta proprio in quella battaglia, non gli permetteva di dimenticare.

L'uncino era diventato il suo simbolo distintivo, ma anche la sua croce: la vita con una mano sola era piena di piccoli disastri quotidiani, dai bottoni da abbottonare alle zuppe da mangiare.

A quarant'anni, Rodrigo era il capitano di una nave scassata, con una ciurma di tre uomini altrettanto disillusi. "Almeno siamo liberi," si ripeteva ogni mattina per non perdersi d'animo. Ma la libertà, come tutte le cose, aveva un prezzo: noia e rimpianti.

La ciurma

Hector Occhio di Vetro, il secondo in comando. La sua storia era altrettanto rocambolesca. Da giovane, era stato un abile cartografo, famoso per la sua capacità di tracciare mappe incredibilmente precise. Ma il suo talento lo aveva portato a lavorare per il governo spagnolo: un incarico che si era rivelato la sua rovina.

Durante una missione per mappare le coste delle Indie Occidentali, il suo equipaggio era stato attaccato dai pirati. Hector aveva cercato di opporsi, ma uno dei saccheggiatori gli aveva colpito l'occhio con la punta di una sciabola. Sopravvissuto miracolosamente, aveva deciso di diventare egli stesso un pirata, pensando di potersi vendicare, un giorno.

Col tempo, però, Hector si era abituato alla vita da fuorilegge, e il desiderio di vendetta si era trasformato in una placida rassegnazione. L'occhio di vetro che ora portava non gli dava alcun potere speciale, ma lui amava raccontare storie assurde su come gli permettesse di vedere cose invisibili agli altri. Erano bugie palesi, ma a lui non importava.

Manuel Gamba di Legno, il carpentiere. Aveva una personalità allegra e una propensione innata per i guai. Nato in una famiglia povera di contadini, aveva passato l'infanzia a costruire rudimentali giocattoli di legno per i suoi fratelli. Quando era cresciuto, aveva deciso di cercare fortuna come falegname su una nave mercantile.

La fortuna, però, non era mai stata dalla sua parte. Durante una tempesta, un albero maestro spezzato gli era caduto addosso, schiacciandogli la gamba destra. Per salvarlo, il medico di bordo era stato costretto ad amputarla. Dopo quell'incidente, Manuel fu costretto a lasciare il lavoro: non riusciva più a svolgerlo, e nessuno sembrava disposto a offrirgli un'alternativa. Senza un impiego, finì presto senza un soldo, e con lo stomaco più vuoto dell'orbita di Plutone. Fu così che, tra un'umiliazione e l'altra, iniziò a chiedere l'elemosina per poter mettere insieme un pasto. Ma un giorno, stufo di quella vita che sapeva di sconfitta e minestra fredda, decise che era ora di cambiare rotta. Avrebbe detto "addio" alle lacrime e "benvenuta" alla pirateria: tra i pirati, la sua menomazione non era vista come un limite, ma come un segno distintivo. Anzi, con quell'arto in preziosa radica di noce, era finalmente qualcuno.

La sua gamba di legno era tanto rudimentale quanto la nave stessa, e il fatto che spesso si staccasse nei momenti meno opportuni era una fonte inesauribile di comicità per gli altri membri della ciurma. Manuel, però, la prendeva con filosofia: "Ogni guaio è una nuova storia da raccontare!" diceva sempre.

E infine c'era **Paco il Sospirone**. Nessuno sapeva esattamente da dove venisse. Nemmeno lui.

Non amava parlare del suo passato, limitandosi a sospirare ogni volta che qualcuno glielo chiedeva. Era il più giovane del gruppo e il cuoco ufficiale, anche se cucinava con la passione di un uomo che aveva rinunciato ai piaceri della vita.

Di lui, si raccontava che fosse stato un contadino, che avesse perso tutto a causa di una carestia e che avesse deciso di unirsi ai pirati semplicemente perché non aveva altro da fare. Ogni pasto che preparava era accompagnato da un lungo sospiro, e ogni lamento che usciva dalla sua bocca era accolto con rassegnazione dalla ciurma.

La *Barracuda Stanca* trascorreva le giornate alla deriva, solcando il mar dei Caraibi, senza meta. "Ci serve un'avventura, qualcosa che ci rimetta in pista!" proclamò Rodrigo un giorno, ma nessuno lo prese sul serio. E poi accadde qualcosa che cambiò tutto.

La "Sirena Infuocata"

Mentre i pirati della *Barracuda Stanca* galleggiavano senza entusiasmo, all'orizzonte apparve un'ombra, stagliata in controluce di un dorato tramonto caraibico. Era la **Sirena Infuocata**: una nave che sembrava uscita da un sogno. Con le sue vele scarlatte e un equipaggio composto da sole donne, era la leggenda vivente del mare.

A capo della *Sirena Infuocata* c'era **Isabella la Sinuosa**, una donna astuta e affascinante, temuta tanto quanto era ammirata. Si diceva che avesse sconfitto un intero equipaggio maschile con la sola forza del suo sguardo.

Isabella non navigava per tesori, ma per puro divertimento: saccheggiare navi, prendere in giro gli uomini e godersi il mare erano le sue passioni.

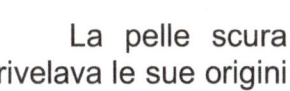

La pelle scura rivelava le sue origini in parte africane, mentre i lineamenti marcati e regolari raccontavano un'eredità europea: un incrocio di radici che dava vita a un contrasto magnetico, affascinante e irresistibile.

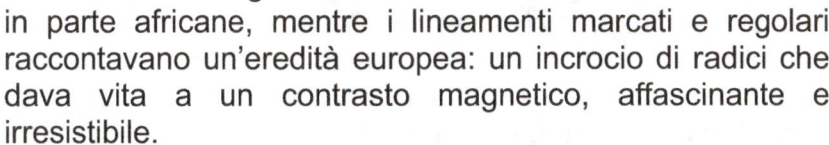

I suoi lineamenti erano delicati ma decisi: zigomi alti, un naso dritto e proporzionato, labbra piene che sembravano disegnate per sorridere con malizia. I suoi occhi, grandi e di un profondo color ambra, erano il suo tratto più ipnotico. Brillavano di un'intelligenza affilata e un pizzico di ironia, capaci di scrutare l'anima di chiunque osasse guardarla troppo a lungo.

I capelli di Isabella erano una cascata di onde castane, che scendevano morbidi fino alle spalle, spesso raccolti in elaborate trecce adornate con piccoli gioielli marini: conchiglie, perline, e minuscoli teschi d'argento che raccontavano la sua vita da pirata. Quando lasciati sciolti, si muovevano al vento come una bandiera di sfida.

Le sue mani erano affusolate, ma robuste, segnate da anni di vita sul mare, con anelli scintillanti su quasi ogni dito, ciascuno dei quali aveva una storia. Quando parlava, gesticolava con eleganza, come se danzasse nell'aria, lasciando dietro di sé una scia di fascino irresistibile.

Indossava una giacca di pelle rossa decorata con ricami d'oro, stretta in vita per sottolineare la sua figura snella ma atletica. Sotto, una camicia di seta bianca con il colletto aperto, lasciando intravedere un ciondolo a forma di sirena che portava sempre con sé. Pantaloni neri aderenti e stivali alti fino al ginocchio completavano il suo abbigliamento, insieme a una cintura ricca di armi: un elegante stocco dalla lama sottile, un paio di pistole decorate, e un piccolo pugnale che portava infilato nello stivale sinistro.

Isabella non era nata su una nave pirata, come ci si potrebbe immaginare per una donna conosciuta come "La Regina dei Caraibi" ma in un piccolo villaggio di pescatori della Giamaica. Figlia di un modesto mercante di spezie e di una donna indigena che tramandava antiche storie sul mare, Isabella era cresciuta ascoltando leggende di tesori sommersi, mostri marini, navi fantasma, di abbordaggi ed arrembaggi al limite dell'impossibile.

La sua giovinezza, però, era stata tutt'altro che romantica: il padre aveva accumulato debiti enormi, e il villaggio era stato saccheggiato da pirati senza scrupoli. Isabella, ancora adolescente, era stata catturata e portata a bordo di una nave pirata come prigioniera. Tuttavia, la sua intelligenza e il suo linguaggio tagliente l'avevano salvata: i pirati avevano apprezzato il suo valore e l'avevano accolta come membro dell'equipaggio.

Isabella non si era limitata a sopravvivere: aveva imparato a combattere, a navigare, e soprattutto a comandare l'intera ciurma composta da uomini rudi, ottenendone il rispetto e la stima. Dopo anni di gavetta, aveva guidato un ammutinamento contro il capitano tirannico che la comandava, prendendo il controllo della nave e ribattezzandola **Sirena Infuocata**. Da quel momento, era diventata una leggenda dei mari, famosa per la sua astuzia e la sua abilità strategica.

Isabella amava il cibo quasi quanto amava il mare, e il suo palato era sorprendentemente raffinato per una pirata. Durante le sue incursioni, non saccheggiava solo oro e gioielli, ma anche spezie rare, vini pregiati italiani e ingredienti esotici.

Il suo piatto preferito era una zuppa di pesce speziata con coriandolo e lime, un ricordo della cucina del villaggio della sua infanzia. Era anche una grande appassionata di dolci, in particolare di crostate di mele della Val di Non e cannella, che considerava un lusso irrinunciabile.

Era estremamente severa con la qualità del cibo a bordo: guai alla cuoca se la cena non era all'altezza delle sue aspettative! Era famosa per aver costretto un membro dell'equipaggio a mangiare il suo stesso stufato insipido come punizione.

Sebbene fosse un leader naturale, Isabella aveva diversi difetti che la rendevano, per quanto temibile, sorprendentemente umana: sapeva di essere una bellissima donna e usava spesso il suo fascino per ottenere ciò che voleva, ma questo la rendeva anche vulnerabile a chi sapeva giocare con il suo ego.

L'arroganza, poi, era, senza dubbio, il suo difetto principale: si considerava invincibile. I suoi continui successi le avevano fatto credere di essere sempre la più intelligente e la più capace, un atteggiamento che a volte la portava a sottovalutare gli avversari.

Quasi come naturale conseguenza di questi suoi difetti, se ad Isabella veniva fatto un torto, non lo dimenticava più. Anche i più piccoli affronti potevano spingerla a elaborare vendette complicate, a volte a scapito del buon senso.

Come per ogni grande condottiero, anche per lei il vero punto debole era uno solo: il terrore di perdere il controllo.

Cresciuta in un mondo in cui gli eventi sembravano continuamente volerla travolgere, Isabella aveva imparato presto a resistere. Aveva giurato a sé stessa che mai nessuno avrebbe deciso al posto suo, né per la sua vita né per il suo destino. Questo la rendeva, di riflesso, estremamente protettiva: della sua nave, della sua ciurma e, soprattutto, della sua autorità.

Ogni volta che qualcuno metteva in dubbio le sue decisioni, Isabella si irrigidiva reagendo in modo sproporzionato. Era una leader brillante, ma il suo bisogno ossessivo di controllo la rendeva vulnerabile alle situazioni imprevedibili o alle persone capaci di sovvertire le sue aspettative.

In fondo, sotto la corazza della pirata invincibile, c'era ancora la ragazza che temeva di essere risucchiata dal caos del mondo. Questo lato fragile di Isabella non si mostrava mai apertamente, ma chi riusciva a intravederlo poteva avere un potere inatteso su di lei.

Isabella la Sinuosa era, dunque, un personaggio complesso: una pirata capace di comandare il mare, ma anche di restare prigioniera delle sue stesse paure. Una regina dei mari con un cuore indurito dagli anni, ma che forse, sotto sotto, era ancora capace di cedere al richiamo dei buoni sentimenti.

Quando Isabella prese il comando della *Sirena Infuocata*, la nave era un microcosmo di caos, governato da uomini rudi, chiassosi e, a dir poco, incapaci di riconoscere l'autorità di una donna. Il loro vecchio capitano, noto per la sua brutalità, aveva sottovalutato Isabella, e così aveva fatto l'intera ciurma maschile. Quando Isabella orchestrò l'ammutinamento e si proclamò capitana, la sua prima decisione fu chiara e inaspettata: liberarsi di tutti gli uomini a bordo.

Isabella non si sbarazzò della ciurma maschile con la forza, ma con sottile astuzia. Conoscendo bene le debolezze degli uomini — e in particolare la loro insaziabile avidità — orchestrò un inganno raffinato: una mappa del tesoro abilmente contraffatta, promesse di ricchezze favolose e una rotta tracciata verso la *Cala delle Catene* presso l'isola di Santa Calypso, tanto remota quanto inaccessibile: l'unico modo per raggiungerla era un singolo, stretto e tortuoso passaggio: come se persino il mare volesse tenerla nascosta

La mappa indicava che l'isola era raggiungibile solo con una piccola barca che non pescasse troppo, in quanto i fondali erano per molte miglia marine molto bassi e quindi impraticabili da un normale vascello.

Dopo una memorabile serata alla *Taverna del polipo sgozzato*, l'unica e quindi la più rinomata tra i marinai del porto della *Cala delle Catene*, dove vennero servite montagne di aragoste speziate e fiumi e laghi di grog infuocato (la bevanda più amata dai pirati), li piantò in asso il giorno seguente, liquidandoli con qualche cassa di provviste, tre barili di rum e una barca malridotta.

«Buona fortuna» disse loro, mentre salpava verso una destinazione sconosciuta all'ex-ciurma con la *Sirena Infuocata*, ormai svuotata degli ingombranti maschi e pronta per essere riempita di nuovi membri di tutt'altro genere. Unica concessione: tre marinai giovanissimi, per l'aiuto alle manovre del veliero, di cui si sarebbe sbarazzata facilmente al prossimo porto.

Fu così che Isabella decise di costruire una ciurma composta esclusivamente da donne. La sua decisione non era solo simbolica, ma strategica: voleva donne leali, capaci e desiderose di dimostrare il loro valore in un mondo dominato dagli uomini.

Iniziò a reclutare la sua nuova ciurma in porti e villaggi delle maggiori isole caraibiche: Portorico, Hispaniola, Cuba e Aruba. Ogni donna che salì a bordo aveva una storia diversa, ma tutte avevano qualcosa in comune: un passato difficile e fame di rivalsa. Isabella non si limitò a selezionare femmine combattenti: cercò donne che portassero con sé talenti unici, utili per la vita di bordo e per le battaglie future.

Per convincerle, non lesinava promesse: libertà, avventura, e la possibilità di riscattare le loro vite. Alcune la seguirono per fede, altre per disperazione, ma presto la *Sirena Infuocata* si trasformò in una nave leggendaria, un simbolo di ribellione e forza femminile.

Il risultato della selezione fu la composizione di una ciurma altrettanto leggendaria:

Giulia, detta "La Lama" era un'ex contadina, cresciuta tra capre, mucche e qualche pecora in un paese di montagna a 776 metri sul livello del mare, combattendo una quotidiana lotta con la natura per sopravvivere. Quando un gruppo di banditi devastò il suo villaggio, Giulia afferrò un machete e li affrontò da sola, sterminandoli e guadagnandosi la fama di essere una guerriera impavida. Isabella la reclutò dopo averla vista vincere una rissa in una taverna.

Era la spadaccina migliore della ciurma, sempre pronta a difendere Isabella e le sue compagne con una lama affilata e una lingua ancora più tagliente. Queste caratteristiche determinarono il suo soprannome da pirata: "la lama".

Inoltre era un'ottima cartografa e si orientava, anziché con la stella polare, in base alla posizione della "Spada" della costellazione che rappresenta il cacciatore Orione, costituita dall'allineamento delle tre stelle che la compongono: Alnitak, Alnilam e Mintaka.

Marta la Letale era una tiratrice scelta, una leggenda nelle taverne per la sua capacità di colpire una moneta al volo con la sua pistola. La sua storia era avvolta nel mistero: si diceva che fosse stata una rivoluzionaria tradita dai suoi stessi compagni. Isabella l'aveva reclutata per le sue doti incredibili con le armi, ma anche per il suo carisma: Marta sapeva ispirare le compagne e mantenere alto il morale della ciurma.

Carmen la Cannoniera era una donna robusta, con mani grandi come vanghe e una risata che faceva tremare il ponte della nave. Era una specialista di armi pesanti, capace di maneggiare un cannone come se fosse un giocattolo. Prima di unirsi alla *Sirena Infuocata*, era un fabbro in un piccolo porto e forgiava da sola sciabole in una nuova lega indistruttibile che solo lei conosceva. Stanca della monotonia, aveva deciso di mettere a frutto la sua forza in qualcosa di più eccitante.

La Barracuda incontra la Sirena

Il mare era piatto come uno specchio, e la giornata prometteva di essere noiosa come al solito per i quattro membri della *Barracuda Stanca*.

Rodrigo, Hector, Manuel erano appoggiati alla ringhiera della nave, chi con uno stuzzicadenti in bocca, chi intento a scrutare l'orizzonte con lo sguardo assente.

«Un'altra giornata di gloria.» sospirò Paco da sotto coperta, mentre mescolava un pentolone di stufato che sembrava più un esperimento scientifico fallito che un pasto.

«Magari oggi troviamo una preda facile...» disse Manuel, dondolando la sua gamba di legno con aria annoiata.

«Prede facili non esistono più», ribatté Hector, fissando il mare con il suo unico occhio buono, «solo problemi difficili.»

Ma proprio mentre stavano per abbandonarsi al solito silenzio rassegnato, Rodrigo strappò il cannocchiale dalle mani di Hector, che lo teneva distrattamente, e lo puntò verso il profilo di una vela che appariva in controluce all'orizzonte.

«UNA NAVE!» urlò Rodrigo, con una voce che sembrava tornata giovane di vent'anni.

Il caos del cannocchiale

Tutti si alzarono di scatto. Hector cercò di riprendersi il cannocchiale con un gesto goffo. «Ehi, fammi vedere! Ho un occhio solo, ricordati!»

Ma Rodrigo non mollava. «Tu hai già visto abbastanza con quello di vetro. Tocca a me!»

«Lasciatelo a me!» intervenne Manuel, cercando di infilarsi nella mischia, ma con la sua gamba di legno inciampò sul secchio dell'acqua e finì per scivolare sul ponte, abbattendo una cassa di pesce secco.

«Bravi, bravi, fate casino!» sbuffò Paco, che, nel tentativo di risalire in coperta per fermarli, rovesciò il pentolone di stufato sul ponte, aggiungendo al caos un odore insopportabile di cavoli bolliti.

Finalmente, dopo una serie di strattoni e gomitate, Rodrigo si liberò e si rimise il cannocchiale sull'occhio, puntandolo verso la nave in avvicinamento. La scena che vide lo lasciò senza fiato.

«È una nave pirata e... e... e... SONO... SONO TUTTE DONNE!» urlò, come se avesse scoperto un tesoro.

In quel mentre la nave delle pirate, avendo notato di essere ingaggiata, decise di affrontare di petto quella che da lontano, dal loro punto di vista, riteneva costituire una minaccia, affrontando, se fosse stato necessario una battaglia. Così virò di centottanta gradi e si diresse con il vento in poppa verso la *Barracuda Stanca*.

La confusione totale.

«COSA?!» urlarono in coro gli altri, accorrendo per cercare di vedere meglio.

«Non ci credo», mormorò Manuel, ormai appoggiato alla ringhiera. «Da quanto tempo non vediamo una donna, Rodrigo?»

Rodrigo ci pensò un attimo. «Uh... tre... no, quattro mesi?»

«Quattro mesi, una settimana e due giorni», intervenne Paco che aveva un calendario mentale molto preciso su queste cose.

Hector, nel frattempo, si era finalmente ripreso il cannocchiale e scrutava con attenzione. «Ehi, non solo sono donne, ma... quella lì sembra la capitana!»

«Com'è?» chiese Manuel, saltellando su una gamba sola per cercare di guardare oltre la spalla di Hector.

«Bella. Molto bella», disse Hector, mentre il suo occhio di vetro si appannava leggermente per l'emozione.

Rodrigo si strinse la giacca, cercando di apparire più autorevole. «Ciurma! Si stanno dirigendo verso di noi. Dobbiamo accoglierle con stile. Non facciamo figuracce.»

I preparativi improvvisati.

E così, nel giro di pochi minuti, scoppiò il panico a bordo della *Barracuda Stanca*. Nessuno sapeva esattamente come accogliere una nave pirata femminile, ma tutti si sentivano in dovere di sembrare il più presentabili possibile.

Rodrigo cercava di pettinarsi con un pezzo di corda trovata per caso. «Come mi stanno i capelli? Troppo spettinati?»

«Ti pettineresti meglio con due mani», rispose Hector sarcastico, mentre lucidava il suo occhio di vetro con un pezzo di stoffa.

Manuel, nel frattempo, stava cercando di lucidare la sua gamba di legno con un vecchio calzino bucato. «Dite che se la dipingessi di nero sembrerebbe più elegante?»

Paco, invece, in un primo momento fu colto dall'impulso di recuperare i cavoli bolliti riversati sul pavimento. Ma vi rinunciò, rendendosi conto che tra le foglie ormai flaccide si annidavano schegge del tavolato del ponte di coperta sminuzzatosi nell'impatto con la padella sul pavimento.

Quello che voleva era impressionare le pirate con un piatto speciale. Frugò nella dispensa come un archeologo disperato e ne emersero tre patate rugose e una cipolla col cappotto di muffa verde. «Perfetto», mormorò con un entusiasmo forzato, «uno stufato esotico e…», ma al primo tentativo di accendere il fornello, la fiamma gli leccò la faccia e si portò via un bel pezzo di barba.

«Se continui così, penseranno che siamo una banda di naufraghi, non di pirati!» urlò Rodrigo, mentre cercava di spazzare via i resti del pesce secco dal ponte.

Paco interruppe bruscamente l'azione di pulizia di Rodrigo: «Che fai, lo butti? Sei matto?» intervenne, «Non ricordavo che avevamo del pesce secco! Con una lavatina e un po' di ammollo ci salverà la serata.»

Contemporaneamente, sulla "Sirena Infuocata"

Isabella, compiuta la virata e giunta la *Sirena Infuocata* abbastanza vicino da consentire di vedere l'equipaggio della nave "nemica" ad occhio nudo, iniziò una manovra a cerchio, per comprendere se rappresentasse effettivamente una minaccia.

Ben presto, osservando la scena, apparve sul suo viso un sorrisetto ironico che nascose dietro un ventaglio nero che portava sempre con sé. Amava studiare le persone, ma in questo caso non c'era nulla da scoprire: l'equipaggio della *Barracuda Stanca* era un libro aperto: un miscuglio di goffaggine, insicurezze e un'irresistibile mancanza di grazia.

La ciurma, incuriosita, si avvicinò a Isabella. Fu Giulia la Lama che iniziò a ridere per prima, pur cercando di non farsi notare troppo. «Ma guarda quei quattro!» sussurrò a Carmen la cannoniera, «Sembrano uno stormo di gabbiani che litigano per un pezzo di pane.»

Giulia annuì con tono caustico, le labbra appena incurvate in un sorriso sardonico.

«Avete visto quello con l'uncino? Cerca di nasconderlo come se nessuno potesse notarlo. È come un granchio convinto di passare per un polpo!»

Si sporse poi sul parapetto per osservare meglio la scena, mentre la risata si affievoliva.

«E quello con l'occhio di vetro?» continuò, ridacchiando. «Lo perde così spesso che comincio a pensare voglia scambiarlo con una buona impressione!»

E, puntuale, la risata riprese, più forte di prima.

Marta la letale, che aveva osservato tutto con aria pensierosa, si aggiunse alla conversazione. «Sono teneri, a modo loro. Sembrano bambini che cercano di impressionare la maestra il primo giorno di scuola.»

Il dibattito sottovoce

Isabella, che in segreto sembrava colpita dal viso vissuto di Rodrigo, decise di aggiungere il suo commento. «Sapete cosa trovo affascinante? L'impegno che mettono nel cercare di sembrare presentabili... senza rendersi conto che l'unico risultato è di rendersi sempre più ridicoli.»

Giulia annuì vigorosamente. «Hai visto quello che cercava di pettinarsi con una corda? E quello che lucidava la gamba di legno come se fosse argento?»

«E quello che si sta bruciando la barba?» aggiunse Carmen la Cannoniera, ridendo di gusto, «dev'essere il cuoco... che sta cercando di coprire l'odore del soffritto bruciato con quello di peli abbrustoliti!»

Marta si avvicinò a Isabella con un sorriso ironico. «Cosa facciamo, capitana? Li mettiamo un po' più in difficoltà o li lasciamo affogare nel loro stesso imbarazzo?»

Isabella, aprendo il ventaglio per nascondere il sorriso ironico: «Per ora lasciamoli fare. Voglio vedere fino a che punto sono disposti ad arrivare per impressionarci. È come guardare un teatro comico, ma dal vivo.»

Sulla Barracuda Stanca...

Quando la *Sirena Infuocata* si avvicinò abbastanza da essere visibile a occhio nudo, le attività frenetiche della ciurma sulla *Barracuda Stanca* si fermarono di colpo. La nave era splendida: le vele rosse erano come lingue di fuoco contro il cielo giallo intenso del tramonto caraibico, e l'equipaggio di donne, elegantemente vestite e armate fino ai denti, sembrava uscito da una leggenda.

La capitana, Isabella la Sinuosa, si stagliava sul ponte con una sicurezza che fece tremare le ginocchia a Rodrigo, che fu da subito colpito per la bellezza della pirata. La sua lunga chioma scura ondeggiava al vento, e il sorriso beffardo che lanciò verso la *Barracuda Stanca* era sufficiente a mettere in crisi tutto l'equipaggio maschile.

Rodrigo cercò di mantenere la compostezza. «Uhm... prepariamoci ad accoglierle. Siate cordiali. E... niente battute stupide!»

Manuel alzò la mano. «Ma cosa diciamo?»

«Qualcosa di intelligente», rispose Rodrigo.

«Tipo... ciao?», suggerì Paco.

«Zitti tutti. Guardate me e seguite il mio esempio!» ordinò Rodrigo, che intanto cercava di nascondere l'uncino dietro la schiena, nel tentativo di apparire meno "piratesco".

L'incontro.

Le due navi si allinearono, Isabella si presentò con un sorriso. «Siete uomini ospitali, o dobbiamo prendere quello che vogliamo con la forza?»

«E come potremmo non essere ospitali con tanta meraviglia caraibica? Mai si videro pirate tanto graziose solcare questi mari. Siate le benvenute!» esordì Rodrigo, che, inchinandosi perse l'equilibrio sostenendosi su Hector che, chino a terra, cercava il suo occhio di vetro. Tutti, si stupirono della grazia espressa da Rodrigo, compreso lui stesso.

Isabella, quindi, fece il primo passo, salendo sulla *Barracuda Stanca* con un'eleganza che lasciò tutti a bocca aperta. Le pirate, a loro volta stupite dall' atteggiamento inedito di Isabella, seguirono, osservando con sguardi divertiti il disastro evidente che era l'equipaggio maschile.

Carmen, maliziosa, subito cercò di comprendere chi, dei maschi, Isabella volesse segretamente colpire con le sue inusuali mosse aggraziate.

Rodrigo fece un passo avanti per parlare, ma inciampò sul secchio di Paco e cadde a terra. Hector cercò di aiutarlo, ma nel farlo perse nuovamente l'occhio di vetro appena trovato e sistemato, che rotolò sul ponte fino ai piedi di Isabella.

La capitana raccolse l'occhio con un sorriso ironico. «Interessante. Spero che il resto del nostro incontro sia meno... accidentato.»

Le pirate scoppiarono a ridere, mentre la ciurma maschile arrossiva, rendendosi conto che l'unica cosa che avevano fatto finora era dimostrare quanto fossero goffi.

La serata era appena iniziata, e le cose potevano solo peggiorare... o migliorare, a seconda dei punti di vista.

Marta la letale non resiste

Marta si portò una mano alla bocca per trattenere una risata quando Manuel, nel tentativo di sembrare elegante, inciampò di nuovo sulla sua stessa gamba di legno e quasi trascinò con sé Rodrigo che si era appena rialzato dall'incidente con Paco.

«Okay, non ce la faccio più», disse Marta, rivolgendosi della propria ciurma. «Devo dire qualcosa. Non posso lasciarli così.»

«E cosa vuoi dire?» le chiese sottovoce Giulia, curiosa.

Marta fece un passo avanti, avvicinandosi al gruppo di uomini che stavano disperatamente cercando di riorganizzarsi. «Cari signori», disse con una voce mielata, «vedo che vi state impegnando molto per farci una buona impressione. È adorabile. Davvero.»

Rodrigo si raddrizzò di colpo, cercando di sembrare autorevole, ma il suo uncino si impigliò nella giacca di Paco, tirandolo all'indietro.

«Ma non c'è bisogno di tutto questo», continuò Marta, con un sorriso affilato. "Siamo qui per un incontro amichevole, non per un concorso di bellezza. Anche se, devo ammettere, il vostro stile... come dire... "unico" non passa certo inosservato.»

Risate e punzecchiature

Le pirate scoppiarono nuovamente a ridere, e la risata era contagiosa. Anche Paco, che non capiva se quanto detto da Marta fosse un complimento o una presa in giro, finì per unirsi al coro.

Giulia si avvicinò a Hector, che aveva appena ringraziato Isabella per avergli raccolto l'occhio di vetro, porgendogli un pezzo di stoffa. «Tieni, usalo per fissare meglio il tuo occhio di vetro, in modo che non ti scivoli più via come un pesce. Alla mia capitana non piace molto chi perde il carico.»

Hector arrossì fino alla punta delle orecchie, mentre Rodrigo cercava disperatamente di cambiare argomento. «Forse... ehm... forse possiamo offrirvi un bicchiere di rum?»

Hector, nonostante l'imbarazzo provocato, colse una certa dolcezza sotto il sarcasmo di Giulia, avvertì una strana sensazione: come se lei usasse lo scherno per compiacere alle sue compagne pirate, ma celasse una delicata intenzione di catturare proprio la sua attenzione.

Isabella fece un passo avanti, il suo sorriso più grande che mai. «Rum? Oh, che gentile. Ma vediamo se riuscite a servirlo senza rovesciarvelo addosso.»

Giulia scoppiò in una risata fragorosa. «Capitana, forse stiamo esagerando.»

«Esagerare? Mai!» rispose Isabella, con un occhiolino complice. Poi si girò verso Rodrigo. «Avanti, capitano, stupiteci. Noi siamo tutt' orecchi... e occhi.»

Le pirate continuarono a osservare con divertimento ogni goffaggine dei loro anfitrioni, commentando tra loro ogni nuova gaffe con un'ironia sottile che faceva arrossire ancora di più i poveri uomini. La tensione era alta, ma anche l'ilarità. Così, l'incontro tra le due ciurme si trasformò in una danza di battute pungenti e mosse impacciate, con le donne che sembravano sempre un passo avanti, mentre gli uomini lottavano disperatamente per non sembrare troppo sprovveduti.

L'invito a cena

Dopo un po', capitan Rodrigo si schiarì la gola e chiese un momento di silenzio per un annuncio solenne. Si avvicinò alle pirate. Il suo uncino, leggermente mal posizionato e poco oliato, faceva quasi più rumore di quanto avrebbe voluto, ma cercò di ignorarlo, concentrandosi sul suo obiettivo. Le sue gambe tremavano un po', non per paura, ma per l'imbarazzo che si stava accumulando sotto lo sguardo indagatore delle donne.

«Eh, ehm... signore» iniziò, la voce incerta, «visto che siamo così... ehm, così fortunati a trovarci in questo angolo di mare insieme, pensavo... volevamo, insomma, invitarvi a una cena.» Si fermò per un attimo, come se cercasse conferma per la frase detta, di cui non era certo che avesse un senso compiuto. Poi, osservando lo sguardo interrogativo delle sue interlocutrici, si convinse che quello che diceva aveva una certa logica, e, preso coraggio, continuò: «Una cena... sì, proprio così. Un piccolo pasto, niente di speciale, ma... un'occasione per passare la serata insieme.»

Le pirate si scambiarono uno sguardo, un sorriso che rivelava assieme una punta di curiosità e un certo divertimento. Isabella che non aveva mai perso il suo atteggiamento disinvolto, si inclinò leggermente in avanti, e, inclinando il capo, sorridendo, con un'espressione enigmatica: «Una cena, dici?» chiese, sollevando un sopracciglio con quella sua solita aria di sfida. «Interessante… Ma sappi che le nostre aspettative non sono basse, capitano. Se mi inviti a cena, voglio che sia qualcosa di indimenticabile.»

Rodrigo, visibilmente un po' agitato dal fatto che la sua proposta fosse stata presa sul serio, cercò di recuperare la calma, ma l'ansia di dover impressionare tutte e quattro le pirate lo rendeva ancora più nervoso. «Oh, certo! Ci metteremo tutti a… a preparare qualcosa di speciale, sicuramente», rispose, cercando di sembrare più sicuro di quanto si sentisse. «Abbiamo due ore per sistemare tutto, se vi fa piacere… Eh, i nostri cuochi… cioè, noi», aggiunse, facendo un piccolo cenno verso i suoi uomini che, nel frattempo, si erano allontanati per non assumersi responsabilità, pensando ai precedenti fallimenti culinari, «abbiamo bisogno di un po' di tempo per mettere tutto in ordine.»

«Un, ehm, 'pasto improvvisato'…», aggiunse Hector, che si era fatto avanti. «Non sarà una cena di gala, ma ci metteremo il cuore, ecco.»

Rodrigo lanciò uno sguardo severo a Hector, come a dire «non svilirci, per favore», ma poi si rivolse di nuovo alle pirate con un sorriso che sembrava più un'espressione di imbarazzo mascherato da fiducia. «Dunque, ci vediamo tra due ore», disse, cercando di mantenere un tono di calma che non aveva, «e spero che la nostra ospitalità non vi deluda.»

Isabella la Sinuosa lo guardò intensamente per un momento, i suoi occhi scintillanti di divertimento. «Due ore. Sarà un tempo sufficiente… se non volete finire con piatti di riso bruciato e carne troppo cotta», disse, con tono sarcastico, prima di voltarsi per risalire sul proprio vascello. «Non vi preoccupate, capitano, state ridando il sorriso a questo angolo di oceano. Sapete, la curiosità è femmina:

ebbene, siamo curiose di vedere se saprete superare voi stessi», concluse, maliziosamente.

Le altre pirate la seguirono, ridacchiando e scambiandosi sguardi divertiti. «Due ore, allora. Saremo pronte e affamate», disse Carmen, mentre Marta annuiva con un sorriso che tradiva una curiosità maliziosa.

Con un ultimo sguardo ai pirati, che risposero togliendosi i tricorni in un inchino tanto goffo quanto improbabile, Isabella e le altre pirate si allontanarono, lasciando dietro di sé l'eco di risate che risuonò più come una sfida che un arrivederci.

Rodrigo sospirò, guardando il gruppo dei suoi uomini, ormai terrorizzati da ciò che li aspettava. «Due ore, ragazzi... meglio che facciamo qualcosa di buono, perché, altrimenti... beh... per noi sarà una notte agitata.»

Così, con la stessa solerzia con cui si sarebbero preparati per una battaglia navale, tutti si lanciarono nei preparativi, ma in un modo che tradiva più un nervosismo da corteggiamento che da ordinaria cucina pirata. I pirati maschi, purtroppo, non avevano nulla di elegante da mostrare; però, come accade sempre, si erano armati di buona volontà. Paco, ad esempio, fece il suo meglio per sistemare i pochi piatti rimasti, mentre cercava di accendere un fuoco. Manuel tentava invano di pulire il tavolo con un panno che sembrava uscito direttamente dalle sabbie mobili, Hector cantava canzoni piratesche allegre per sdrammatizzare il momento, pur con continue interruzioni per i groppi in gola causati dall'emozione e Rodrigo, con il suo uncino che non riusciva mai a fissare per bene, finì per versarsi addosso l'olio, nell'intento di aiutare Paco a preparare il pesce cercando di ricordare come faceva la nonna quando, da bambino, la vedeva "spadellare" in cucina.

Mentre i maschi si affaccendavano nelle loro imprese, ognuno di loro non poteva evitare di pensare al motivo per cui stava cercando di prepararsi per una cena che sapeva, in cuor suo, sarebbe stata un po' più di un semplice pasto. L'idea di stare a tavola con quelle donne di mare, piene di fascino, indipendenza e mistero – accendeva nei cuori dei pirati un turbinìo di emozioni.

Rodrigo si ritrovò a contemplare i suoi stivali, chiedendosi se li avrebbe mai potuti pulire abbastanza per sembrare accettabili agli occhi di **Isabella**.

Hector, invece, si sentiva stranamente nervoso, e ora cantava a squarciagola, speranzoso che, forse, una delle pirate, magari **Giulia**, avrebbe apprezzato il suo talento.

Manuel pensava che, se fosse riuscito a raccontare una delle sue storie sui mostri marini, forse avrebbe suscitato l'interesse di **Marta**,

mentre **Paco**, il più giovane e ingenuo, si immaginava già a raccontare barzellette, sperando che **Carmen** trovasse qualcosa di affascinante nel suo modo di fare.

Nel frattempo, le corsare della *Sirena Infuocata* non erano certo rimaste inattive. Ognuna di loro aveva preso molto sul serio la preparazione per la cena, ma non per gli stessi motivi.

Isabella, pur non mostrando alcun interesse per l'aspetto fisico degli uomini, si preparava con la stessa meticolosità con cui avrebbe affrontato una battaglia navale: si sarebbe messa a tavola con l'intenzione di osservare, di capire, di fare delle domande e di ottenere delle risposte convincenti.

Le altre, più giovani, si scambiavano sguardi complici, risatine e qualche battuta che tradiva un interesse simile a quello dei pirati: non tanto per la cena in sé, ma per quel gioco sottile che avrebbe dato inizio alla danza del corteggiamento.

E così, mentre i maschi si lanciavano in considerazioni su come impressionare le avventuriere dei mari durante la cena, sull'altro vascello le pirate sapevano che quell'invito non era solo un pretesto per condividere un pasto. Nell'aria aleggiava una strana elettricità, sottile ma magnetica: tutte intuivano di trovarsi sull'orlo di qualcosa di più di un semplice incontro casuale

Era il segreto del mare che si rivelava: ancora una volta mondi lontani si incontravano, mescolandosi, creando nuove dinamiche.

Per quanto continuassero a scherzare tra loro, sapevano che il gioco sarebbe diventato ben presto più complesso.

Ciascuno dei membri dei due equipaggi, nei silenzi tra una battuta e l'altra, in cuor suo, iniziava a fare delle considerazioni sui membri dell'equipaggio opposto, maturando pensieri fantastici.

Oltre gli sguardi, i pensieri.

Isabella e Rodrigo

Isabella la sinuosa, quando pensava a Rodrigo Uncinato, non poteva fare a meno di soffermarsi sulla sua goffaggine, ma c'era qualcosa in lui che la intrigava. Era più di un semplice capitano di una nave consumata dal tempo: c'era una durezza in lui, una solidità che il mare non aveva ancora eroso del tutto. Il suo aspetto trascurato, i capelli disordinati, la barba che sembrava un campo di battaglia... tutto questo la faceva sorridere. Non solo perché lo trovava divertente, ma perché in fondo lo trovava ... forse ... irresistibile.

Le donne come Isabella non amano essere corteggiate direttamente, sono indifferenti alle lusinghe ovvie. Si divertono a sfidare, a ridere, a prendere in giro chi le corteggia, ma non cedono mai facilmente.

Rodrigo, pur nel suo stato disastroso, aveva quel qualcosa che la catturava. L'aspetto che sottolineava il suo disinteresse per l'estetica, il suo modo d'essere così schiettamente sé stesso, faceva di lui tutto ciò che un uomo di mare doveva essere: imperfetto, ma dannatamente autentico. E per Isabella, quell'autenticità aveva un fascino che superava di gran lunga qualsiasi gesto di galanteria.

Non erano i suoi occhi che la attraevano, né il suo sorriso. Era il modo in cui lui si muoveva nel mondo: con l'aria di chi aveva già visto tutto, ma non aveva mai smesso di cercare. Isabella se ne accorse subito, e senza accorgersi, stava scivolando tra le sue difese: c'era qualcosa che li legava, qualcosa di pericoloso, perché lei lo sapeva bene, se un uomo riusciva a farla divertire, a farla ridere, era già entrato nei suoi pensieri. E il mare, come l'amore, è un luogo dove ci si può facilmente perdere.

Rodrigo, dal canto suo, non poteva fare a meno di notare quella scintilla negli occhi di Isabella quando lo osservava. Pur essendo un uomo abituato a navigare nei mari più tempestosi, si trovò impreparato alla tempesta che scatenò Isabella la Sinuosa nella sua mente. Quello che lo intrigava di lei non era soltanto la sua bellezza, che pure era indiscutibile, ma qualcosa di molto più profondo e sfuggente. Isabella possedeva una forza magnetica che non poteva essere ignorata, ma ciò che lo colpiva veramente era il suo atteggiamento: una combinazione perfetta di sicurezza e disincanto, che mescolava una potenza incontestabile a una vulnerabilità nascosta.

Rodrigo, che non aveva mai avuto un particolare interesse per le donne che si presentavano troppo impeccabili o perfette, trovava irresistibile il suo lato imprevedibile. Isabella non cercava di compiacere nessuno; la sua sola presenza era una dichiarazione di indipendenza e di autonomia. Non era mai stato un uomo che si fosse fatto illusioni su sé stesso, e vedere una donna che non cercava di essere altro da ciò che era, lo faceva sentire come se fosse finalmente in compagnia di qualcuno che non stava recitando una parte.

Ma c'era anche un altro aspetto che lo catturava: la sua intelligenza tagliente, la prontezza con cui riusciva a rispondere a qualsiasi battuta o provocazione. Isabella non si faceva mai sopraffare dalla situazione, ma rispondeva sempre con una battuta pronta ed elegante o con uno sguardo che, senza dire una parola, comunicava tutto.

Ma più di tutto, c'era quella scintilla nei suoi occhi che non riusciva a ignorare. Quell'intensità che, sotto la superficie della sua ironia e dei suoi sorrisi, nascondeva un'anima profonda e complessa. Isabella non aveva bisogno di sforzarsi di essere affascinante; era semplicemente così, e questo rendeva ogni istante della sua presenza una sfida a cui Rodrigo non poteva resistere.

Per la prima volta, non era solo attratto dalla bellezza di una donna: era attratto dalla sua capacità di essere sé stessa in un mondo che sembrava richiedere costantemente maschere.

Giulia la lama ed Hector occhio di vetro

Giulia la Lama non era tipo da innamorarsi facilmente, ma Hector... Hector aveva qualcosa di intrigante. Il suo modo di ridere quando perdeva l'occhio di vetro, le faceva quasi pena, ma in fondo la divertiva anche.

Giulia era un'osservatrice acuta, e non era mai stata impressionata da apparenze: ciò che la colpiva davvero era la capacità di un uomo di non prendersi troppo sul serio. Hector non aveva mai cercato di sembrare ciò che non era. Se fosse stato un altro uomo, Giulia lo avrebbe trovato ridicolo. Ma Hector aveva quella leggerezza, quella spontaneità che attirava. Più la ciurma rideva delle sue disavventure, più Giulia si sentiva attratta dal suo modo di essere nel mondo: tanto disastroso quanto autentico. Un uomo che non teme di ridere di sé stesso era per lei una rarità.

Hector, a sua volta, non poté fare a meno di notare come Giulia fosse sempre controllata. Era intelligente, veloce nel cogliere i dettagli e, soprattutto, aveva un sorriso pericoloso: uno di quei sorrisi che fanno tremare anche i capitani di intere flotte di navi. Non era l'aspetto fisico a impressionarlo, ma la sua energia, la sua forza.

Si era già accorto che quando riusciva a fare ridere una donna come Giulia, era arrivato al centro del suo mondo.

E Hector era sicuro che Giulia non sarebbe mai rimasta affascinata di un uomo che cercava di essere più di quello che era. In fondo, lui stesso non avrebbe mai cercato di farla ridere con un trucco o una battuta costruita.

La verità era che l'autenticità di Hector divertiva Giulia più di qualsiasi altro tipo di corteggiamento, ed Hector aveva realizzato di avere la capacità di farla ridere e divertire: inconsapevolmente possedeva l'unica chiave per entrare nel suo cuore.

Marta la letale e Manuel Gamba di Legno

Marta la letale aveva sempre avuto un debole per gli uomini di poche parole, quelli che non cercavano di fare i "fighi", ma si adattavano alle circostanze con naturalezza. Non che Manuel fosse esattamente il tipo di uomo da cui si sarebbe aspettata di essere affascinata, ma c'era qualcosa nel suo modo di gesticolare, che la colpiva. Ogni volta che lo guardava Marta, senza volere, si ritrovava a sorridere. Non tanto per la follia di ciò che faceva e diceva, quanto per la sua faccia seria mentre agiva.

E in fondo, Marta, quando sorrideva, si sentiva viva.

Manuel gamba di legno, da parte sua, non poteva fare a meno di notare di Marta, non tanto il suo corpo o il suo volto, ma la sua voce, quello che diceva e come lo diceva, come rideva, come si muoveva.

Il modo di ridere di Marta quando lo prendeva in giro lo affascinava, e l'idea di divertire una donna come lei, senza fare nulla più che esistere, era qualcosa che lo riempiva di gioia.

Carmen la Cannoniera e Paco il Sospirone

Carmen la Cannoniera era una donna che sapeva esattamente cosa voleva: non solo sapeva cosa voleva dalla sua vita, ma anche dall'uomo che cercava: un uomo che doveva sapere come parlare direttamente al suo cuore. E Paco, con il suo sorriso ingenuo e la sua genuinità, era proprio il tipo di uomo che non aveva paura di mostrarsi vulnerabile. L'espressione disarmata del suo viso quando falliva nei goffi tentativi di farsi notare, era qualcosa che faceva scattare in lei un naturale e irresistibile desiderio di proteggerlo: una sensazione stranissima, che non aveva provato per nessun uomo prima di Paco. Ne rimase smarrita: c'era qualcosa di gentile e nel contempo quasi infantile in lui, che la attirava. Non era certo l'aspetto di Paco a colpirla, ma quella spontaneità disarmante, la trasparenza dei sentimenti, la semplicità senza maschere.

Paco il sospirone, dal canto suo, si rendeva conto che Carmen non si divertiva troppo con le battute o i flirt degli altri suoi compagni. La vedeva piuttosto seria. Tuttavia notava che talvolta accennava un sorriso, specie quando lo osservava: ebbe il dubbio che fosse proprio lui a farla sorridere.

Aveva notato che quando faceva qualcosa che la stupiva o la sorprendeva, lei sembrava più rilassata. Era come se il vero corteggiamento per lei non fosse un gioco di parole, ma un'interazione genuina. Ogni volta che gli sembrava che il suo sorriso fosse rivolto a lui, si sentiva più vicino a lei, e quel piccolo segno di approvazione lo faceva sentire speciale.

In fondo, tra i giochi e le risate, le donne sapevano che chi le faceva divertire poteva essere "pericoloso" per la carriera di corsare dei Caraibi: un ruolo in cui non c'è spazio per i sentimenti.

Seppur i loro animi fossero induriti dagli eventi, ben sapevano che lasciarsi andare ad un sorriso non costituiva solo un invito a lasciarsi andare, ma un pericolo concreto: il cuore, quando si lascia toccare dal piacere di ridere, diventa vulnerabile. E in questo gioco, tra le battute e gli scherzi, stava nascendo qualcosa che avrebbe presto preso una forma più potente di qualsiasi scontro di spade o battaglia navale.

La cena.

Sulla Barracuda Stanca, il pomeriggio trascorse in un caos totale. Rodrigo cercò di rendersi presentabile lucidando l'uncino, ma finì per graffiarsi la faccia. Manuel provò a sistemare la sua gamba di legno, ma la colla non fece presa. Hector, disperato, tentò di costruire un nuovo occhio di vetro con una biglia.

Le bucaniere, invece, si prepararono vestendosi come per un ballo di corte, con abiti scintillanti e profumi che facevano dimenticare l'odore di pesce della *Barracuda Stanca*.

Quando si sedettero a tavola, il contrasto era evidente: un gruppo di donne eleganti e un gruppo di uomini che sembravano appena usciti da una burrasca.

I racconti di pesci immaginari

La cena era finalmente iniziata. Il sole si era tuffato nell'oceano, lasciando dietro di sé un cielo ricamato di stelle.

Le due ciurme erano riunite attorno a un lungo tavolo improvvisato sul ponte.

Il cibo, benché semplice e in qualche caso non perfettamente riuscito, aveva creato un'atmosfera conviviale.

Ma ciò che davvero stava rendendo la serata speciale erano i racconti incredibili, quasi tutti rigorosamente inventati, con cui i corsari si lanciavano in un disperato tentativo di impressionare le pirate.

Rodrigo Uncinato, con il suo uncino ben in vista, aveva appena finito di raccontare una storia esagerata su una lotta con un enorme pesce martello pneumatico.

«Era grande quanto questa nave! e aveva un'armatura così dura che le spade rimbalzavano» disse, gesticolando con l'uncino che, per poco, non colpì un piatto di zuppa. «Mi ha guardato negli occhi e io l'ho sfidato. Uno contro uno, senza paura!»

Isabella la Sinuosa, seduta di fronte a lui, inclinò la testa e lo fissò con uno sguardo che mescolava ironia e curiosità. «Davvero? Un pesce martello pneumatico grande come una nave, dici? E come hai fatto a vincere?»

Rodrigo si schiarì la gola, cercando di guadagnare tempo per rispondere. «Con il mio uncino! L'ho agganciato al ventre e...» Nella foga del racconto, l'uncino si staccò, finendo nel piatto di Isabella.

Le donne risero, e Isabella aggiunse con tono tagliente: «Interessante. E... non c'era nessuno a documentare questo eroico momento? Mi sembra strano che una tale impresa non sia finita su tutti i social dei pirati.»

Rodrigo arrossì leggermente, ma prima che potesse rispondere, Hector, il secondo in comando, intervenne. «Beh, capitano, forse il pesce martello pneumatico era troppo occupato a cercare il nostro tesoro per preoccuparsi di lasciare testimoni!»

Isabella lo guardò con un sorriso sornione. «Oh, un tesoro? E quale sarebbe, Hector? Monete d'oro, gioielli... o un po' di pesce salato?»

«Ah, monete d'oro ovviamente!» esclamò Hector, sollevando una coppa di vino.

«Ma lasciatemi raccontare di quando abbiamo affrontato il *Kraken*!», proseguì, Hector.

Il tavolo si fece improvvisamente silenzioso, e gli occhi delle pirate si fissarono su di lui. Anche i suoi compagni maschi lo guardarono perplessi, non ricordando che esistesse nessun pesce di nome kraken, ma troppo curiosi per interromperlo.

«Era una notte senza luna», iniziò Hector, abbassando la voce e incurvandosi un po' per creare atmosfera. «E noi stavamo navigando attraverso il Passaggio delle Ombre nel Mare dei Mari. Le acque erano calme… troppo calme. Poi, all'improvviso, un tentacolo grande quanto l'albero maestro si alzò dall'oceano!» poi alzandosi in piedi e gonfiando il petto: «Signore e signori: era il Kraken! Con otto tentacoli e occhi che brillavano rossi come rubini nella notte!»

«Poverino, non poteva dormire?" commentò Giulia, con tono ironico.

Hector non si lasciò scoraggiare. «Già, non poteva dormire, perché noi avevamo qualcosa che lui voleva: un forziere pieno di monete d'oro e perle magiche, rubate al re degli abissi!»

«Ah, certo, non sarebbe bastato un normale tesoro», mormorò Carmen, facendo scoppiare a ridere le altre.

Hector continuò imperterrito. «Il Kraken ci attaccò con furia! Tentò di afferrare la nave e trascinarla negli abissi, ma noi, con coraggio e destrezza, lo affrontammo. Io stesso ho tagliato tre tentacoli con la mia sciabola!» Estrasse la sciabola per enfatizzare il racconto, ma l'arma si impigliò in un altro piatto, facendo volare un tozzo di pane oltre il tavolo.

Le pirate scoppiarono nuovamente a ridere, e Marta commentò: «Sei stato fortunato che il Kraken non ti abbia usato come stuzzicadenti!"

"Beh, dopotutto, eravamo preparati», intervenne Manuel, cercando di prendere il controllo della situazione.

«Ma lasciate che vi racconti di quando io ho cavalcato una balena gigante», continuò Manuel.

«Cavalcato una balena?» chiese Isabella, trattenendo un sorriso. «Non sapevo che le balene si facessero sellare.»

«Questa sì!» ribatté Manuel, con un'espressione seria. «Era una balena leggendaria, conosciuta come la *Signora degli Abissi*. Aveva il dorso ricoperto di perle e cantava una melodia così potente che poteva far addormentare le tempeste. Quando la incontrai, ero solo in mare con una piccola zattera…»

«Ah, perché non ti ricordavi più dove avevi parcheggiato la tua nave?» interruppe Marta, facendo ridere tutte.

«Non fatevi distrarre dai dettagli!» protestò Manuel. «La balena mi portò attraverso i mari, e io le sussurrai un segreto che ancora oggi nessuno conosce.»

«Un segreto, eh?» commentò Isabella, con gli occhi che brillavano di divertimento e curiosità. «Beh, spero che il tuo segreto sia almeno più interessante del tuo racconto.»

La cena proseguì con un crescendo di racconti sempre più inverosimili, interrotti dalle risate e dalle battute delle pirate.

Tuttavia i maschi, nonostante le continue prese in giro da parte delle donne, sembravano essere proprio loro i più interessati alle storie di pirati che essi stessi raccontavano. Forse perché apprezzavano gli sforzi di fantasia dei propri compagni nel raccontare storie di avventure mai vissute assieme.

E mentre la serata andava avanti, era chiaro che, al di là delle esagerazioni e delle gaffe, l'atmosfera si stava facendo sempre più calda… e più interessante.

Risate e gaffes

Le risate continuavano a scrosciare tra le due ciurme, accompagnate da un susseguirsi di gaffe degli uomini che rendevano la scena surreale. Ma, al di là delle battute e delle stramberie, qualcosa di più profondo iniziava a emergere. Le pirate, abituate a lunghi anni in mare tra burrasche, fame e sete, si ritrovarono a riflettere su un pensiero che non riuscivano più a ignorare: finalmente avevano incontrato qualcuno che non solo le nutriva e dissetava, ma che riusciva anche a farle divertire davvero.

Gli occhi di ciascuna si posavano, forse inconsapevolmente, su un pirata specifico. E quello sguardo era tutto, meno che casuale. Ognuna, in segreto, aveva già formulato un pensiero chiaro sul pirata che più la attraeva: chi per il modo in cui raccontava una storia, chi per l'aria affascinante e un po' ruvida da avventuriero, chi per l'imprevedibile gentilezza nascosta sotto una scorza burbera.

Era chiaro che le risate erano solo una scusa: qualcosa di magnetico si stava creando tra le due ciurme. Anche i pirati sembravano notarlo, ma forse non osavano crederci del tutto.

Un nuovo capitolo di queste vite sgangherate in mare aperto stava per aprirsi, e nessuno dei presenti aveva intenzione di chiudere quel libro troppo in fretta.

Furono le donne, ora, a prendere il comando delle storie, e i loro racconti, eleganti e accompagnati da sorrisi e sguardi sognanti, ammaliarono gli uomini come mai avevano fatto prima le storie di battaglie o di tesori. Isabella narrò di una sirena innamorata di un marinaio, mentre Giulia raccontò di un'isola nascosta che appariva solo a chi si lasciava guidare dal cuore; Marta raccontò, invece, di una sirena che insegnò ad un cavaliere di cui si era innamorata, a respirare sott'acqua, ed egli, per amore, si trasformò in un cavaliere dei mari per starle vicino, dando così vita alla specie dei cavallucci marini.

Anche Carmen raccontò di una giovane donna di nome Rosa, guardiana di un faro che salvò da un naufragio il giovane capitano Ferón, che trovò sugli scogli in fin di vita, debole e ferito gravemente. Rosa aveva un dono segreto: avrebbe potuto realizzare il desiderio più anelato dall'uomo che avrebbe amato. Nel corso della guarigione di Ferón, Rosa ebbe modo di conoscerne l'animo nobile e delicato, e se ne innamorò. Chiese quale sarebbe stato il suo desiderio più anelato ed egli espresse il desiderio di voler abbandonare la vita di pirata per aiutare chi era in difficoltà. Rosa utilizzò il suo dono per realizzare il desiderio di Ferón e apparve una nave nuova, indistruttibile e inaffondabile capace di affrontare qualsiasi tempesta. Ferón salpò con

Rosa al suo fianco, e insieme trasformarono la nave in una leggenda che portava speranza a chiunque la vedesse.

Amori in alto mare

Terminati i racconti improbabili di battaglie più o meno vere, l'unico subbuglio a sopravvivere fu quello dei cuori. Rodrigo inciampò ancora una volta, ma ora ... nell'anima di Isabella: tra i due prendeva corpo qualcosa di davvero speciale che fino ad allora viveva solo chiuso nelle loro rispettive menti. Lui, con la sua goffaggine, e lei, con la sua ironia, sembravano completarsi a vicenda.

«Sei uno splendido disastro, capitano,» disse Isabella alla fine della serata.

«E tu sei troppo perfetta», rispose Rodrigo. «Forse possiamo bilanciarci.»

Rodrigo si avvicinò lentamente a Isabella, il suo sguardo deciso ma dolce. Il mare sembrava trattenere il respiro, le onde si placarono per un istante, quasi a voler immortalare quel momento. Con un gesto sorprendentemente delicato, accarezzò la guancia di Isabella, con la dolcezza e la grazia di un artista. Isabella sentì un brivido percorrerle la schiena, un'emozione sconosciuta che la fece tremare appena.

Rodrigo, accortosi di quel lieve fremito, sorrise con la sicurezza di chi sa di aver trovato qualcosa di raro e prezioso. Le cinse alla vita, stringendola forte e dolcemente contro di sé. Isabella, persa nei suoi occhi chiari, si abbandonò al momento e si lasciò avvicinare chiudendo gli occhi e socchiudendo la bocca. Le loro labbra si incontrarono in un bacio appassionato, carico di emozione e desiderio.

Le due ciurme, rimaste per un istante senza parole, scoppiarono poi in un applauso fragoroso, mischiando fischi, risate e grida di approvazione. Era chiaro che quel momento non era solo un semplice bacio: era un sigillo su una nuova alleanza tra uomini e donne, tra le due navi.

Il ponte brillava sotto la luna piena, e lungo le fiancate

della nave, uomini e donne si isolavano in coppie, avvolti dalla magia di quella notte, dando vita alle coppie che erano già formate nella mente di ciascuno.

I racconti prose-guirono tra le coppie, ma furono però diversi: romantici, pieni di emozioni e di desideri mai espressi.

Le storie, tra sguardi sognanti e sorrisi, lasciarono entrambi gli equipaggi senza fiato, ispirandoli con leggende di amore, coraggio e sacrificio.

Quando l'alba iniziò a colorare il cielo, i due equipaggi si ritrovarono stretti in abbracci e promesse.

Nuove rotte per il bene comune

Dopo la notte di racconti, alleanze, e promesse eterne, i due equipaggi decisero di lasciare alle spalle il loro passato di predoni e iniziarono a sognare un futuro diverso, fatto di solidarietà e avventura. Con due navi, competenze uniche e un collante fatto di amore e di fiducia reciproca, si impegnarono a utilizzare le loro risorse per scopi sociali e umanitari.

Rodrigo, con Isabella al suo fianco, dichiarò:

«Da oggi non saremo più due navi pirata, ma un'unica flotta unita. Insieme, salderemo le alleanze tra i nostri cuori e semineremo il nostro amore nel mare»

La ciurma della *Barracuda Stanca*, infatti, una volta un gruppo disordinato e imprevedibile, trovò un nuovo equilibrio al fianco delle donne, che con la loro astuzia e determinazione, portarono nuove idee, bilanciando l'audacia e l'impulsività dei pirati, migliorando la qualità della vita "sgangherata" vissuta fino ad allora.

Ognuno scoprì il proprio valore unico: chi era abile nel tracciare rotte, chi nel negoziare con mercanti, chi nel cantare e raccontare storie che mantenevano alto il morale.

La convivenza tra pirati e pirate, basata su rispetto e collaborazione, trasformò la ciurma in una squadra straordinaria, capace di affrontare ogni sfida con coraggio e creatività.

La trasformazione delle navi

La nave di Rodrigo, un tempo simbolo di razzie, fu ribattezzata **"Aurora delle Onde"** e adattata per diventare un'imbarcazione di soccorso.

I cannoni furono rimossi per fare spazio a magazzini pieni di cibo, medicinali e strumenti utili per le emergenze. L'uncino di

Rodrigo, un tempo associato alla paura, divenne il simbolo del loro motto: *"Issiamo a bordo chiunque abbia bisogno"*.

La nave delle corsare, con le sue vele colorate e i dettagli raffinati, fu rinominata **"Stella delle Maree"** e trasformata in un centro itinerante di istruzione e cultura. La stiva fu riempita con libri, mappe, strumenti musicali e materiali per insegnare arti e mestieri alle comunità costiere più remote.

Le missioni della flotta unita

Le due navi iniziarono a pattugliare rotte pericolose, aiutando naufraghi, pescatori in difficoltà e comunità colpite da tempeste. Ogni membro dell'equipaggio aveva un ruolo: Rodrigo e Hector guidavano le operazioni di recupero, mentre Isabella e Giulia coordinavano le squadre di primo soccorso.

Manuel e Paco si occupavano dell'igiene, degli approvvigionamenti alimentari, della cucina delle due imbarcazioni e del riciclo dei materiali di scarto, consideravano le navi nell'oceano come se fossero due pianeti nel cosmo: tutto ciò che diveniva scarto, doveva essere riciclato o trasformato in energia.

La *"Stella delle Maree"* approdava nei villaggi più isolati, dove le ex pirate organizzavano corsi di alfabetizzazione, navigazione e artigianato. Marta insegnava ai bambini a leggere le stelle, mentre Carmen raccontava storie che ispiravano i più giovani a sognare in grande.

Grazie alla rete di contatti che Rodrigo aveva stabilito nel suo passato, la flotta si riforniva di beni essenziali da consegnare a chi ne aveva più bisogno.

L'impatto sulle comunità

Con il passare del tempo, la flotta guadagnò una reputazione di bontà e altruismo. Nei porti e nei villaggi, le persone iniziarono a riconoscere le loro vele come un segno di speranza. Gli abitanti delle coste, un tempo diffidenti verso i pirati, li accoglievano ora con canti e celebrazioni.

La consapevolezza di un nuovo scopo

Una sera, durante una riunione sotto le stelle, Rodrigo parlò alla sua ciurma unita:

«Abbiamo imparato che il vero potere non è nei forzieri pieni d'oro, ma nella capacità di cambiare il destino di chi incontriamo. Non siamo solo pirati: siamo una famiglia che naviga per fare del bene.»

Le due navi, illuminate dalla luce della luna, salparono verso un nuovo orizzonte, spinte non solo dal vento, ma anche dal desiderio di fare del mondo un posto migliore.

Fine (o nuovo inizio?). ☺

3
Tre Tastiere per il Colpo Grosso alla "Pacific Vault".

Introduzione

Nella remota tundra siberiana, nella penisola di Taymyr, dove persino i fiocchi di neve, cadendo, sembravano rallentare per non congelarsi del tutto, c'era un hotel chiamato *"Il Cubo Ghiacciato"*. Si trattava di un edificio dall'aspetto surreale, fatto interamente di cemento e vetro opaco, come se un architetto avesse deciso di costruire un frigorifero gigante.

All'interno, l'atmosfera era altrettanto glaciale: un mix di mobili scomodi, tappeti di dubbio gusto e una hall illuminata da luci al neon così fredde che sembravano amplificare il gelo esterno.

Ma il vero capolavoro dell'hotel era la sua connessione Wi-Fi, nota in tutto il vicino villaggio per essere incredibilmente lenta negli spazi comuni e molto più veloce nelle camere. Nonostante ciò, i pochi ospiti dell'hotel – quasi tutti turisti che avevano smarrito la strada o studiosi di flora e fauna tropicale che avevano sbagliato continente – usavano radunarsi nella hall per creare un microclima sociale unico: persone di tutto il mondo unite dalla disperazione tecnologica.

Il social russo e il malinteso

Mia, Ted e Ben si erano anche loro rifugiati nella hall, non tanto per fare amicizia, quanto per sopravvivere all'ennesima notte polare di Taymyr che dura di sei mesi. Ogni tanto, le finestre dell'hotel vibravano per il vento gelido, e il barman si aggirava con un cappotto e una sciarpa, come se lavorare a *il Cubo Ghiacciato* fosse una punizione divina.

I tre ragazzi si erano registrati sul social russo più popolare, *"Balalaika"*, un sito che prometteva amicizie, meme e sondaggi assurdi, ma che in realtà era un deserto digitale per chi non scriveva in cirillico e non parlava il dialetto russo.

«Perché c'è un sondaggio che chiede quanti orsi hai visto questa settimana?» chiese Ted, fissando il suo telefono con aria confusa, sperando che il traduttore avesse fatto bene il suo lavoro.

Mia, che aveva già completato il sondaggio mentendo spudoratamente, rispose con un sorriso sarcastico: «Perché è un social russo. Devi adattarti.»
Ben, invece, era completamente affascinato dalle gif animate di balalaike che suonavano canzoni pop. «Questo è... il paradiso della cultura trash!» esclamò, con una risata così forte che persino il barman si voltò a guardarlo.
I tre ragazzi si erano trovati per caso nello stesso gruppo di discussione su *Balalaika*: un gruppo dedicato alle "Freddure Russe"; barzellette con battute che solo i nativi comprendevano. A giudicare dal numero dei post, loro erano gli unici membri attivi. Ted aveva scritto una battuta sui programmatori: "Perché i programmatori vanno d'accordo solo tra di loro? Perché parlano tutti in codice!" ☺
Il post non aveva ricevuto nessun like per venti minuti, finché Mia non aveva commentato: "Ho riso così tanto che adesso il mio codice si compila da solo!" ☺.

La situazione comica: vicini e ignari

Seduti uno accanto all'altro su poltrone scomode, i tre digitavano sui loro schermi senza guardarsi. La scena era surreale: Ben, ridendo di gusto, aveva rovesciato un frullato al bacon sul tappeto dell'hotel (che già non era in ottime condizioni); Ted cercava disperatamente di capire come si facesse a postare un meme su *Balalaika*; e Mia si lamentava del fatto che ogni volta che provava a caricare una foto, il sito "crashava".

«Questo Wi-Fi è una tortura», sbuffò Mia. «Mi fa rimpiangere persino i modem a 56kps.»

«Sei sicura che sia il Wi-Fi?» rispose Ted, lanciando un'occhiata ironica al suo laptop. «Stai usando un laptop o un fossile del Cretaceo?» Mia gli rispose con una smorfia indispettita.

A un certo punto, Ben notò qualcosa di strano. Ted aveva appena letto a bassa voce la stessa battuta che lui aveva letto sul gruppo. Non era possibile. Fece scivolare lo sguardo verso lo schermo di Ted e poi verso quello di Mia.

Un sorriso si allargò sul suo viso. «Aspettate un momento... voi siete... voi siete gli altri due idioti che scrivono in inglese su un social in cirillico?» disse Ben.

Ted e Mia alzarono lo sguardo contemporaneamente, fissandosi con espressioni miste tra il sospetto e l'incredulità.

«Oh... Mio... Dio...» disse Mia, sbattendo una mano sulla fronte. «Ho appena passato un'ora a chattare con voi due, mentre eravate seduti a meno di un metro da me?!»

Ben scoppiò a ridere così forte che persino l'orso impagliato nella hall sembrò muoversi per vedere cosa stesse succedendo.

La grande idea

Superato l'imbarazzo iniziale, i tre si ritrovarono a parlare come se si conoscessero da sempre. Oltre alle indubbie competenze professionali individuali, i tre condivisero i fallimenti collezionati: Mia raccontò dei suoi esperimenti falliti con i droni, Ted rivelò di aver provato a insegnare programmazione a un gruppo di galline, ma con risultati discutibili, e Ben rivelò che stava testando gli ingredienti per un suo frullato al parmigiano ma che non riusciva ad incontrare il favore del pubblico, nonostante fosse un esperimento casalingo che stava curando da anni.

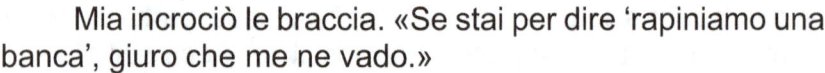

«Sapete, potremmo essere un team perfetto,» disse Ted. «Il prossimo aereo per l'Europa parte da qui tra dieci giorni: fino ad allora, potremmo pensare di ingannare il tempo assieme.»

Ben alzò la mano. «Ho un'idea. Facciamo qualcosa di epico. Qualcosa che ci faccia passare alla storia!»

Mia incrociò le braccia. «Se stai per dire 'rapiniamo una banca', giuro che me ne vado.»

Ben sorrise. «Non una banca normale. Una banca segreta. Su una nave. Nell'oceano Pacifico. E non una rapina vera e propria… facciamo prendere solo un grande spavento allo staff trasferendo i fondi su un conto fittizio sul loro proprio server a cui però noi non avremo accesso, e i documenti su una cartella nascosta sempre sul loro server.»

Ci fu un momento di silenzio, interrotto solo dal rumore del vento contro le finestre.

Ted inclinò la testa. «Quindi tu vuoi… trasferire del denaro… usando i nostri computer… e svaligiare una banca che si trova su una nave?»

«Beh, sei un po' crudo nell'esprimerti, però…»

Fece una smorfia, come a voler ammettere che c'era del vero in quelle parole.

«Sì! Tecnicamente sono prelievi non autorizzati…»

Si interruppe un istante, poi riprese, come se volesse chiarire ogni dubbio.

«... che però non confluiranno sui nostri conti e di cui non potremo disporre. Un gioco, insomma, per dimostrare al mondo che è nato chi può mettere in discussione...», lasciò che le parole si imprimessero nell'aria prima di concludere: «... anche quello che è considerato il sistema di sicurezza informatica più inespugnabile sul pianeta Terra.»

Ben, pronunciò quelle frasi con un entusiasmo così contagioso che persino Mia, la più razionale del gruppo, non riuscì a trattenere un sorriso eccitato.

Superata l'euforia iniziale, i tre si ritrovarono intorno al vecchio tavolo di legno del laboratorio improvvisato nella camera d'albergo di Ben, un mix di cavi, monitor ultraleggeri ma già obsoleti e l'onnipresente odore di componenti elettronici surriscaldati. Mia era seduta con le gambe incrociate sulla sedia girevole, il suo laptop aperto e pieno di diagrammi caotici. Ted armeggiava con un microfono, sostenendo che "per un piano epico serve una voce epica", mentre Ben scarabocchiava schemi su una lavagna bianca ormai grigia per le innumerevoli cancellature.

La fase dei piani impossibili

«Che ne dite di hackerare un satellite e usarlo per localizzare una nave-banca?» propose Ted.

Mia lo fulminò con lo sguardo. «Sì, certo, e magari chiediamo anche alla NASA di darci una mano. Prossima idea.»

Ben alzò la mano con entusiasmo. «E se invece costruissimo un drone invisibile per abbordare la nave senza essere visti?»

Mia scosse la testa. «Drone invisibile? Stai confondendo la fisica con la fantascienza.»

«Okay, allora...» Ted fece una pausa drammatica. «Facciamo finta di essere tecnici di manutenzione, entriamo nella nave travestiti e rubiamo i dati direttamente dai server!»

Ben rise. «Perché no? E magari portiamo anche una pizza per confonderli.»

Dopo una lunga serie di piani assurdi, scartati uno dopo l'altro tra risate e prese in giro, Mia batté le mani per attirare l'attenzione. «Ragazzi, basta sciocchezze. Se vogliamo davvero fare questo colpo, dobbiamo pensare in grande. E con "in grande" intendo... agire come pirati ... digitali.»

Il colpo del secolo prende forma

Ted si illuminò. «Aspetta, intendi dire... un abbordaggio digitale? Come fossimo dei veri pirati?»

«Esatto,» rispose Mia. «In questo frangente noi ci comportiamo da pirati, pirati digitali...»,

Fece una pausa per sottolineare il paragone, poi continuò con tono deciso:

«... e dobbiamo utilizzare le stesse tecniche che utilizzavano due secoli fa i pirati del mar dei Sargassi per gli abbordaggi e gli arrembaggi...»

Quindi, mostrando la mappa visualizzata sullo schermo del suo tablet, come a rendere più concreta la similitudine, aggiunse

«... declinate nella versione attuale: quella digitale.»

Fece un gesto ampio con la mano, come a voler inquadrare un orizzonte più vasto. Poi proseguì:

«Una nave-banca non è solo un'imbarcazione. È un'enorme cassaforte galleggiante, con server protetti da sistemi informatici di massima sicurezza...»

Quindi concluse, abbassando appena la voce, quasi a voler far risaltare la gravità della sua affermazione:

«... tra i più avanzati al mondo. Ma ogni sistema ha un punto debole.»

Ben si alzò in piedi. «E qual è il loro punto debole?»

Mia sorrise. «Il primo è costituito dalle persone: ogni sistema di sicurezza ha una falla umana. E il secondo è il firewall utilizzato dal device con cui il capitano comunica con il sistema. Noi dobbiamo individuare quelle falle.»

Il Piano (Improvvisato)

I tre si sistemarono intorno a un tavolino traballante: sembravano tre scienziati pazzi intenti a progettare un'arma segreta.

«Prima di tutto, dobbiamo trovare la nave», dichiarò Ben, posando il suo bicchiere vuoto con un gesto teatrale.

«E dove pensi di cercarla? Su Google Maps? Scrivi *"nave banca segreta"* e vedi cosa esce?» ribatté Mia, con una smorfia sarcastica.

Ted alzò un dito, come se fosse a scuola. «Aspettate, in realtà… potrebbe funzionare. Se la nave è così segreta, nessuno penserà mai di cercarla nel modo più ovvio.»

«Geniale», commentò Ben con una risata. «Dobbiamo solo sperare che qualcuno dell'equipaggio abbia lasciato anche una recensione su TripAdvisor.»

Incredibilmente, dopo un'ora di ricerche, qualcosa saltò fuori dal dark-web: una leggenda metropolitana su una nave chiamata **"Pacific Vault"**, una "Sea-Bank" o banca dei mari. Un "vault", un forziere – galleggiante – che, si narrava, custodisse denari e documenti di ricchi ed onesti signori, ma anche banconote e lingotti d'oro appartenenti a evasori fiscali di tutto il mondo.

Mia lesse ai compagni di ventura quanto riportato dal sito.

"Pacific Vault": la storia della cassaforte dei mari

Varata nei ruggenti anni '20 del XIX secolo, la **Pacific Vault** non è una semplice nave: è una leggenda galleggiante, un mito che naviga sulle acque dell'Oceano Pacifico. Costruita inizialmente come un'imponente nave mercantile, fu trasformata negli anni successivi in una banca galleggiante, la prima e unica del suo genere, destinata a custodire i segreti più preziosi di governi, industriali e facoltosi clienti di tutto il mondo.

Una fortezza galleggiante

La Pacific Vault non è solo grande, è mastodontica. Con le sue tre stive rinforzate e sigillate ermeticamente, ricorda più una cassaforte colossale che una nave tradizionale. Le pareti delle sue camere blindate, rivestite di acciaio e rame, sono progettate per resistere a qualsiasi tentativo di intrusione, sia fisico che digitale. Si dice che al suo interno siano custoditi lingotti d'oro, gemme rare, e persino documenti in grado di ribaltare interi governi.

L'estetica senza tempo

Nonostante le continue modifiche e aggiornamenti, la nave mantiene il fascino delle vecchie imbarcazioni del XIX secolo.

Di straordinaria eleganza e maestosità, questa sea-bank combina il fascino dell'architettura classica con la funzionalità moderna di una fortezza galleggiante. La nave ricorda un antico palazzo neoclassico, con colonne imponenti che sorreggono una grande cupola centrale decorata con fregi e simboli dorati. Il logo alla base, raffigurante il sigillo dorato della regina delle criptovalute, sottolinea il prestigio di ciò che custodisce e segna il tratto di congiunzione tra il passato classico e il futuro irruente.

Il ponte princi-pale è interamente rivestito in legno pregiato, con detta-gli scolpiti e rifiniture che richiamano un'e-poca di sfarzo e opu-lenza. La luce che filtra dalle grandi ve-trate rivela interni spaziosi e ricchi, destinati ad aree di co-working, sale con-ferenze e utilizzabili  *per le riunioni degli esponenti dell'alta finanza e per quando necessita stipulare contratti in acque internazionali, quindi non soggette ad alcuna giurisdizione; si intravvedono anche spazi adibiti ad archivi e portali di accesso alle camere blindate contenenti i leggendari documenti super segreti e i potentissimi server ultrasicuri di cui è dotata.*

La cupola centrale non solo è un simbolo architettonico di potenza, rappresenta infatti anche uno scudo di protezione contro aggressioni fin dallo spazio e la sua lanterna (la struttura architettonica funzionale posta sulla sommità della cupola) costituisce un punto di osservazione strategico ospitando al suo interno la sala di comando e controllo.

Tecnologia e mistero

Nel corso del tempo, la Pacific Vault è stata dotata di sistemi di sicurezza all'avanguardia ed ora rappresenta il perfetto connubio tra la tradizione delle grandi navi mercantili del XIX secolo e la modernità di una banca di alto livello. Non è solo una nave: è un'icona che naviga sulle acque, una vera fortezza galleggiante che incute rispetto e ammirazione. La sua dotazione strumentale è stata aggiornata con:

Scanner biometrici: solo un ristretto gruppo di persone può accedere al suo interno, e ognuno di loro deve superare una verifica multipla che include impronte digitali, riconoscimento facciale e scansione dell'iride.

Droni sentinella: Minuscoli dispositivi sorvolano il ponte e i dintorni della nave, pronti a segnalare qualsiasi minaccia.

Firewall impenetrabili: Il cuore digitale della nave è protetto da un sistema informatico di nuova generazione.

Il Capitano e il suo equipaggio

A guidarla c'è il Capitano Johnny, erede di una dinastia di marinai che hanno dedicato la vita alla protezione di questo colosso galleggiante. Nonostante l'aria burbera e il rigore militare, Johnny ha un lato più tenero e segreto, espresso dal suo amore per i gatti (soprattutto quelli vestiti da pirati). L'equipaggio, selezionato con cura, è composto da tecnici, ingegneri e guardie armate che si alternano su turni rigidamente organizzati.

Una nave sempre in movimento

La "Pacific Vault" non si ferma mai. Attraversa i mari seguendo rotte segrete, cambiando posizione regolarmente per evitare di diventare un bersaglio. Le sue coordinate sono note solo al Capitano e a pochi eletti, e ogni tentativo di tracciarla finisce in un labirinto di false informazioni e segnali di depistaggio.

Con tutta la sua maestosità e sicurezza, la Pacific Vault non è mai stata realmente sfidata... fino a ora...."

«Perfetto!» esclamò Ben. «Se questa storia è vera, possiamo trovare la nave tracciando le comunicazioni satellitari. Con un po' di fortuna e molta improvvisazione, localizzeremo il segnale.»

I talenti in azione (più o meno)

Durante i due giorni successivi, la camera di Ben si trasformò in una sala di comando. Cavi volavano ovunque, mappe digitali del Pacifico coprivano le pareti e il caffè freddo diventò il carburante ufficiale del team. Ben passava ore a testare il codice per evitare errori, mentre Ted cercava di migliorare la sicurezza del loro server fantasma. Mia, invece, si dedicava alla parte più complicata: studiare il comportamento umano degli operatori della nave-banca.

L'arrembaggio digitale

i tre misero in campo i loro "talenti unici" e formularono un piano che si sviluppava in tre fasi.

1. La fase "False flag" o Falsa Bandiera: Ted specialista in software di crittografia, avrebbe costruito un server fantasma che simulasse una comunicazione ufficiale con la nave-banca. Questo, una volta penetrati nel server, avrebbe distratto i sistemi di sicurezza, spingendoli a pensare che l' attacco provenisse da altrove.

2. Il "Lancio degli Uncini": Mia esperta grafica digitale applicata al neuromarketing, avrebbe creato il meme "fatale" per il Capitano, al quale non avrebbe potuto resistere dal cliccarci sopra, lasciando spazio al lavoro di Ben.

3. l'"Arrembaggio": Ben, il re del caos creativo, si sarebbe occupato di creare lo script collegato al meme realizzato da Mia e di scrivere il worm che avrebbe consentito di governare i server della *"Pacific Vault"* individuando una vulnerabilità nel sistema Wi-Fi della nave: un piccolo software che, progettato per insinuarsi nei server, una volta installato sul cellulare del capitano avrebbe creato una backdoor nel sistema.

Il risultato fu... caotico.

«Ted, hai trovato qualcosa?» chiese Mia, digitando furiosamente sulla tastiera.

«Non ancora, ma sono sicuro di aver appena intercettato una trasmissione di qualche serie TV russa. Potremmo monetizzarla, se tutto il resto fallisce.»

Ted alzò lo sguardo dal suo laptop. «Aspetta, aspetta. Ho trovato qualcosa. C'è un segnale criptato che proviene da un'isoletta non segnata sulle mappe. È lei, e dev'essere ancorata per consentire un bagno ristoratore all'equipaggio, ne sono sicuro!»

«Fantastico!» esclamò Ben, battendo le mani. «Abbiamo colto in fallo il nostro capitano! Sta violando i protocolli di sicurezza secondo cui la nave-banca non dovrebbe fermarsi mai...»

Fece una pausa, assaporando l'effetto delle sue parole sugli altri. Poi riprese, con un tono più incalzante:

«... e mai il momento poteva essere più propizio: non potrà certo dichiarare di avere apertamente violato una regola base della sicurezza, rendendo la nave intercettabile, e quindi vulnerabile!»

Si voltò verso Mia, accennando con lo sguardo al tablet che lei teneva pronto.

Poi aggiunse: «Ora tocca a te, Mia, lanciare l'uncino del meme sul cellulare del capitano per aprirci le porte dei loro sistemi.»

Già, ma quale meme avrebbe potuto essere talmente irresistibile per un capitano, certamente non sprovveduto, di una nave di massima sicurezza?

Il Colpo di genio (o di follia): Il meme del secolo

Mentre l'equipaggio della nave-banca era a riva, intento a godersi un bagno rigenerante nelle acque cristalline dell'isola "che non c'è" (sulle mappe), la nave, imponente e blindata come una cassaforte galleggiante, sembrava una fortezza inespugnabile.

Ma chi mai avrebbe immaginato che il suo destino sarebbe stato deciso... dalla scoperta di Mia?

Nessuno avrebbe mai immaginato che il punto debole del capitano fossero... i gatti.

Eppure era proprio così: fu Mia a scoprirlo, esplorando Internet Archive, l'immenso archivio digitale che conserva pagine storiche del web ormai scomparse. Tra quelle, trovò le vecchie pagine Facebook del Capitano Johnny risalenti alla sua gioventù, pagine ormai cancellate e inaccessibili sulla rete tradizionale. Ma Mia conosceva bene una verità fondamentale: "Internet non dimentica".

Scorrendo tra i contenuti archiviati, si imbatté in una pioggia di immagini, disegni e video di gatti immortalati nelle pose più stravaganti e nei contesti più improbabili. A quel punto tutto era chiaro: avrebbe fatto leva sulla fragilità del capitano che era doppia, un intreccio tra la sua passione per i gatti e i ricordi legati alla sua gioventù.

Sullo schermo di Mia un'immagine prendeva forma: un gatto persiano striato, con un cappello da pirata inclinato con stile sulla fronte, una spada affilata stretta nella zampa destra e la sinistra alzata in un gesto di sfida. Era semplicemente perfetto.

«Ted, hai finito di armeggiare con quei cavi?» sbuffò Mia, mentre Ben si stava affogando con un biscotto al cioccolato ridendo come uno scemo.

«Un attimo!» rispose Ted, agitando un cacciavite come fosse una bacchetta magica. «Sto installando l'antenna Bluetooth potenziata. Dovrebbe trasmettere il meme direttamente sul cellulare del capitano.»

«Sì, ma dobbiamo essere rapidi», disse Mia. «Non voglio che l'equipaggio torni a bordo e si accorga dell'attacco informatico prima del tempo.»

«Capitano Johnny, questo meme è per te», sussurrò Mia con un sorriso malizioso. E lo inviò al suo cellulare.

Dall'altro lato dell'isola, Johnny era sdraiato su un'amaca, sorseggiando un cocktail analcolico di succo di ananas, acqua di cocco e ghiaccio tritato finissimo.

Quando il suo cellulare vibrò, lo afferrò distrattamente.

«Toh, guarda. Un gatto pirata!» esclamò con entusiasmo, mostrando l'immagine a un collega che lo ignorò completamente.

Ma il capitano non poteva resistere. Gli occhi gli brillavano mentre cliccava sul meme.

Accanto al meme, il testo recitava:

"👑 Hey, *Capitano Johnny! Sei pronto a scoprire il tuo spirito pirata? Clicca sul gatto-pirata per il tuo tesoro nascosto!* ☐☠☐"

Click.

Era fatta! Sullo smatphone del capitano si installò lo script ma Mia aveva fatto bene i suoi calcoli e, per rassicurarlo che fosse tutto a posto, aveva fatto in modo che dopo l'installazione del malware, apparisse una seconda immagine con il tasto di un link ad un gioco gratuito di pirati trovato in rete:

"Complimenti, Capitano Johnny! Hai sbloccato il tuo tesoro nascosto! Niente di meglio! La tua sicurezza è al top. Goditi la tua ricompensa!"

Congratulations, Captain Johnny! You've unlocked your hidden hidden treasure! 🏴‍☠️ top-nuch!

Your ship's security is top se... top-nech. Enjoy your reward!

Enjoy i

«Ben fatto, Capitano.» sussurrò Mia, osservando dal suo laptop come il software si installava sul cellulare di Johnny, aprendo una breccia nei sistemi di sicurezza della nave-banca.

Era come lanciare un siluro digitale direttamente nella stiva della nave.

«Siamo dentro!» esclamò Mia. Ben e Ted si avvicinarono di corsa. «Sta funzionando?» chiese Ted, con un po' di briciole di patatine sul maglione. «Eccome se funziona!» rispose Mia. Sullo schermo, i dati della nave-banca scorrevano come un fiume in piena.

Il Capitano Johnny, intanto, dondolandosi sull'amaca, ignaro del disastro appena avvenuto, guardò il cellulare e sorrise. «Questi sì che sono i veri eroi dei mari!» esclamò, guardando il gatto pirata e ricordando i momenti spensierati di quando era ragazzo. Rilesse il messaggio del "tesoro nascosto" promesso dal meme, il cui finale recitava: *"Goditi la tua ricompensa!"* e, sorridendo, cliccò sul link che portava al giochino dei pirati. Felice come un bambino, giocando e incosciente di ciò che lo aspettava, tornò a dondolarsi sull'amaca per godersi gli ultimi momenti di relax.

Il satellite-spia

Ted osservava i movimenti della *"Pacific Vault"* attraverso un vecchio telescopio satellitare militare in disuso, ammaccato dall'impatto con alcuni micro-meteoriti ma ancora in grado di svelare dettagli nitidi. Era il telescopio satellitare più improbabile mai visto, e il modo in cui se l'era procurato era avvolto nel mistero e in una buona dose di esagerazioni.

Secondo il suo racconto ufficiale – che variava ogni volta che qualcuno glielo chiedeva – aveva ottenuto i diritti di utilizzo di quel telescopio durante un'asta online per appassionati di "Militaria": la tecnologia militare vintage.

«Era descritto come un vecchio "modello sperimentale utilizzato per studi orografici dei territori"», spiegò Ted. «Nessuno si era accorto che era un autentico telescopio satellitare militare dismesso! Ho acquistato i diritti di utilizzo per appena 300 dollari e un codice sconto per una pizzeria in Jamaica!».

Mia non era mai convinta. «Ted, davvero vuoi farmi credere che un telescopio satellitare militare è finito su un'asta online? E chi te lo ha venduto? Direttamente la NATO? Con consegna presso il punto di ritiro più vicino a casa tua?»

Ted rispondeva con il solito sorriso enigmatico. «Non l'ho ricevuto materialmente: è in orbita. Non sottovalutare il potere delle aste online, Mia. Ti sorprenderesti di cosa la gente vende lì.»

«L'ho trovato sul dark web,» aveva spiegato con orgoglio a Mia e Ben, sventolando una ricevuta che sembrava stampata su carta da parati. «Ho acquistato i buoni di utilizzo "pay per use". Cinquanta accessi di un'ora. Tutto legale... più o meno.»

Ben, incuriosito, aveva chiesto come funzionasse. «Come un normale telescopio satellitare», aveva risposto Ted, con un entusiasmo contagioso. «Lo usavano per scopi strategici, ma adesso è stato "riconvertito" per usi civili. Gli astrofili lo usano per esplorare lo spazio e osservare le stelle.»

Mia aveva alzato un sopracciglio. «E tu, invece, lo useresti per far vedere a tutti gli astrofili una nave-banca super segreta in mezzo al Pacifico. Geniale.»

«Aspetta, non è così semplice», aveva ammesso Ted, scrollando la testa. «Il problema più grosso da superare è che il telescopio di norma è puntato in direzione dell'universo, per vedere le stelle, i pianeti, le nebulose... roba spettacolare, eh», fece una smorfia come a dire che quelli, per lui, erano proprio dei dettagli fastidiosi. «Ma a me ora serve puntarlo verso la Terra. E non c'è modo di farlo individualmente: la rotazione è controllata dalla comunità degli utenti.» concluse.

Ben, inclinò la testa, con un'espressione a metà tra il dubbio e la diffidenza: «Quindi… cosa ti sei inventato?»

I plasmoidi

Ted aveva sorriso con aria furba. «Un piccolo escamotage. Ho mandato un messaggio nella community degli utilizzatori del telescopio. Ho detto che c'era una presenza insolita di plasmoidi a quote tro-posferiche (tra i zero e i quindici chilometri di alti-tudine) fenomeno rarissi-mo e praticamente invisi-bile senza un telescopio di quella potenza.»

Mia lo aveva guardato, scettica. «Plasmoidi? Se-riamente?»

«Certo!» aveva rispo-sto Ted, con il tono di chi è fermamente convinto della propria genialità. «Gli astrofili vanno pazzi per cose del genere.

Ted aveva ragione: appena letto il messaggio, la comunità astrofila ha deciso di puntare il telescopio verso la Terra per osservare questo "fenomeno straordinario".»

Ben era scoppiato in una risata incredula. «E tu, ora puoi usare il telescopio per trovare la *"Pacific Vault"*?»

Ted annuì. «Esattamente. Una volta che l'ottica è stata rivolta in direzione della terra, siccome la visione è multitasking, ovvero il telescopio può puntare su diversi punti contemporaneamente e in maniera indipendente, soddisfacendo così le richieste di più utenti, io posso agganciare la nave e monitorare ogni suo movimento.» fece una pausa, poi riprese: «Ho persino impostato un sistema di tracciamento automatico. È come avere un GPS galattico».

Mia, che ancora faticava a credere alla storia, aveva chiesto: «E cosa succederà quando scopriranno che non ci sono plasmoidi?»

Ted aveva fatto spallucce. «Oh, daranno la colpa alle condizioni atmosferiche o diranno che il fenomeno era troppo fugace per essere catturato. Intanto, noi avremo quello che ci serve. Geniale, no?»

Nonostante i dubbi iniziali dei suoi compagni, il piano di Ted aveva funzionato alla perfezione. Il telescopio satellitare, progettato per scrutare l'infinito, stava ora aiutando i pirati informatici a realizzare il colpo del secolo contro la nave-banca più inaccessibile del mondo. E se qualcuno, da qualche parte, stesse ancora cercando i misteriosi plasmoidi... beh, non era certo un problema loro.

Con le credenziali del capitano ormai nelle loro mani, Mia e i ragazzi riuscirono a disattivare i sistemi di allarme.

Potevano ora trasferire i fondi dai conti dei clienti della banca al conto fittizio creato sullo stesso server della banca a cui tuttavia avevano avuto cura di non avere accesso, questo perché per loro si trattava di un gioco piratesco per scacciare la noia siberiana, nell'attesa dell'aereo per l'Europa che sarebbe atterrato di lì a otto giorni. L'accordo fra i tre era che non doveva essere una rapina, anche se il rischio che, a posteriori, nessuno comprendesse lo spirito scherzoso delle loro azioni, era concreto.

Il gruppo lavorò con entusiasmo e nervosismo febbrile per ore, tenendo sotto controllo l'equipaggio della *"Pacific Vault"*, che sembrava rilassarsi placidamente sulla spiaggia dell'isola che non c'è.

La tempesta in arrivo...

Intanto, Mia digitava sulla sua tastiera a una velocità tale da far temere che le dita prendessero fuoco, mentre Ben, con il solito sorriso compiaciuto, stava completando un suo script geniale – o almeno così credeva.

«Fatto!» annunciò Ben con un sorriso da orecchio a orecchio. «Ora il sistema trasferirà i soldi dai conti della nave-banca al conto fittizio. E, per sicurezza, ho automatizzato tutto. Non rimarrà traccia. Saremo inattaccabili!»

Per un attimo, sembrava che il piano stesse funzionando. Poi, il primo segnale del disastro.

Ding!

Il cellulare di Ben vibrò. Un messaggio. *"Prelievo autorizzato: 12.000 dollari per l'acquisto di un igloo nell'Africa equatoriale. Consegna prevista: ieri."*

Ben rise. «Ah, fantastico! Il sistema sta generando notifiche false per coprire i trasferimenti. Geniale!»

Ding!

Un secondo messaggio. Questa volta fu il cellulare di Mia a vibrare. *"Prelievo autorizzato: 5.000 dollari per un abbonamento annuale alla rivista 'Il Pinguino Sorridente'. Rinnovo automatico mensile."*

Mia alzò lo sguardo dalla tastiera, sgranando gli occhi. «Aspetta... che diavolo?»

Ding! Ding! Ding!

Le notifiche iniziarono ad arrivare in un flusso inarrestabile. Ted, che fino a quel momento osservava l'equipaggio della *Pacific Vault* con il telescopio orbitale, mollò tutto per controllare il suo cellulare. *"Prelievo autorizzato: 8.400 dollari per un jet privato... con le ali in cartone.”*

«BEN?!» urlò Ted, con il panico che montava nella voce.

Ben scrollò le spalle, ancora convinto che fosse tutto sotto controllo. «Sono solo notifiche fasulle, ragazzi. È il mio script che sta creando confusione per non farci rintracciare. Nessun problema!»

Ma mentre parlava, i cellulari iniziarono a esplodere in vibrazioni e notifiche:

Ding!

“Prelievo autorizzato: 20.000 dollari per l'acquisto di un drago domestico. Alimentatore USB: non incluso.”

Ding!

“Prelievo autorizzato: 15.000 dollari per una collezione completa di tappeti volanti usati.”

Ding!

“Prelievo autorizzato: 1.200 dollari per una lezione privata di yoga per criceti.”

Il Finimondo.

Mia sbiancò. Le mani tremanti sul cellulare. «Ben, sei sicuro che queste siano notifiche false? Perché... il saldo del mio conto sta calando per davvero!»

Ted spalancò gli occhi, fissando il suo tablet. «Anche il mio! Oh no... sto ricevendo penalità per scoperto di conto! Ma come... Perché mi stanno multando per il mancato pagamento di un castello gonfiabile a tema medievale?!»

Ben finalmente controllò il suo telefono e il sorriso gli svanì dal volto. *“Prelievo autorizzato: 25.000 dollari per l'acquisto di una barca... con una falla inclusa nel prezzo.”*

«As… asp… aspetta!» balbettò, ora pallido. «Forse… forse ho fatto un errore… non devo avere cancellato i numeri dei conti bancari di prova. Sapete, per testare il sistema… per essere sicuro che i prelievi dai conti avvenissero realmente»

Mia lo fissò con uno sguardo carico di furore. «Quali conti, Ben? Dimmi che non hai usato i nostri conti personali!»

Ben deglutì rumorosamente. «Il mio. E… ehm… forse anche il vostro. Sapete, giusto per essere sicuro che tutto funzionasse.»

Ted si strinse la testa tra le mani. «Tu… hai appena svuotato i nostri conti personali!»

Ding!

Un'altra notifica arrivò. *"Saldo attuale negativo: - 0,12 dollari. Mancato pagamento: penalità aggiuntiva di 500 dollari per il servizio VIP al Luna Park degli Unicorni Volanti."*

Mia si alzò in piedi, furiosa. «Ben, io ti giuro che se non fossimo in un albergo sperduto nella Siberia, ti trasformerei in un meme vivente! Il saldo è a zero! Anzi, **SOTTO ZERO**!»

Ben si grattò la testa, cercando di sorridere. «Beh… almeno sappiamo che il sistema funziona… Ma… ma tranquilli… tutto il denaro prelevato dai conti è indirizzato a un conto fittizio…» e Mia, furibonda: «a cui non abbiamo accesso, Ben… Ricordi? Doveva essere un gioco!»
Ben, che stava freneticamente digitando sulla tastiera per capire cosa stesse succedendo, si bloccò d'improvviso. Poi si lasciò andare contro lo schienale della sedia, con l'aria di chi ha appena firmato la resa.

Volse lentamente lo sguardo verso i due compagni di sventura: sembrava un fantasma: "Non è tutto…c'è di peggio", disse.

Mia, al limite di una crisi isterica: "Come sarebbe a dire … di peggio?", urlò.

Ted lo fissava, incredulo, mentre il suo cellulare vibrava un'ultima volta. *"Avviso: Il tuo conto è stato chiuso per insufficienza di fondi. Grazie per averci scelto. Addio!"*

Ben degluti nuovamente, non sapeva come comunicare la disfatta di cui era appena venuto a conoscenza.

«Beh, ecco, durante la fase di test, quella in cui ho utilizzato i nostri conti», si grattò la testa in segno di imbarazzo, poi proseguì: «non ho attivato le protezioni di rete e degli hacker si sono infilati nel sistema, appropriandosi delle credenziali dei nostri conti… e ora … e ora … ecco… ehm …, e ora li stanno utilizzando loro», concluse Ben con un filo di voce.

Come riparare l'errore?

Ben fissava il suo laptop. Il viso teso in un sorriso nervoso che cercava di nascondere il disagio. Mia e Ted lo scrutavano con occhi infuocati, pronti a farlo a pezzi, anche se ciò non poteva ristorarli dei risparmi perduti.

Poi la ragione prese il sopravvento.

«Diamo un'occhiata alla situazione, Ben.» iniziò Mia, il tono un mix tra rabbia e incredulità. «Hai usato i nostri conti personali… per testare un sistema di trasferimento… operando sul dark web, senza nessuna protezione e le nostre credenziali ora sono nelle mani di hacker che possono operare senza alcun limite di l'utilizzo?» quindi, sempre più paonazza: «Hacker che hanno acquistato "fuffa" a nostro nome da venditori loro complici, con cui si spartiranno il bottino azzerando i nostri conti?»

Ben cercò di minimizzare la cosa. «Non è poi così grave! Basta annullare i pagamenti, no?»

Ted scosse la testa con rabbia, le mani strette nelle tempie. «Non puoi annullare un pagamento per un acquisto che risulta effettuato.» fece una breve pausa di riflessione, poi, mettendosi la testa tra le mani, continuò: «Tutti gli acquisti sono già stati registrati come avvenuti, e quei soldi sono già stati spesi… in cose assurde! "Bravi" quelli che sono riusciti, in tempo reale ad hackerarci a nostra volta, mentre stavamo noi hackerando il sistema della *Pacific Vault*!!»

Ben si guardò intorno, cercando di smorzare la tensione. «Ma scusate, non possiamo semplicemente... recuperare i soldi?»

Mia lo fissò incredula, come se non avesse capito bene. «Recuperare? Da chi? Cos'è, stai proponendo un colpo, questa volta reale, a un'altra banca?»

Ted, ancora più esasperato, intervenne. «Non è tanto semplice. Quei soldi sono finiti in transazioni su oggetti o servizi virtuali irrealizzabili: una vacanza su Marte, il permesso per un concerto esclusivo in una dimensione parallela, e addirittura il noleggio di un drago per una settimana. E indovina un po'? Non possiamo nemmeno contestarli, perché questi acquisti sono collegati a truffe di livello internazionale! Siamo stati fregati.»

Da truffatori truffati a truffatori dei truffatori

Ben rimase in silenzio per un momento, poi sollevò la testa con un'espressione strana. «Ok, ok... Ma se qualcuno nel sistema digitale globale ci ha truffati, potrebbe esserci un modo per giocare la stessa partita contro chi ci ha truffati: un piano "B".»

Mia e Ted lo guardarono sospettosi, ma Ben non sembrava intenzionato a mollare.

D'improvviso un lampo di genio negli occhi di Ben. «Aspetta, aspetta. E se... se usassimo quella stessa rete per vendere a tutti questi truffatori dei "pacchetti" di servizi digitali impossibili da restituire, come quelli che ci hanno venduto loro?»

Si voltò verso gli altri con uno sguardo avceso dall'idea, lasciando che le parole appena pronunciate facessero breccia nella mente dei presenti.

«Loro non vogliono risarcire le vittime, vogliono solo continuare a fare affari con le loro truffe. Immaginate se facessimo il gioco loro, ma più in grande.» concluse.

Mia rimase in silenzio per un attimo, riflettendo sulle parole di Ted. «Quindi... vuoi dire che potremmo ... truffare i truffatori?»

Ben annuì. «Sì, ma con una strategia più sofisticata. Faremo credere loro di avere il potere di vendere oggetti digitali unici, creando una rete che li convinca a pagare per cose che non esistono. Lo stesso loro sporco gioco. Li faremo ingoiare le stesse vendite che hanno fatto a noi, ma con un twist.» Poi sorrise. «In questo caso, diventa il gioco di "chi inganna meglio l'altro". Diventa quasi... poetico.»

Ted strizzò l'occhio. «Prepariamoci. Sarà un lavoro lungo e complicato, ma se lo facciamo bene, potremmo recuperare non solo i soldi, ma anche un po' di... vendetta.»

Mia sospirò, ma non poteva fare a meno di ammettere che, in effetti, quella proposta aveva il suo fascino. «Ok, ragazzi. Facciamolo. Ma non mi aspetto che finisca senza altre sorprese. Siamo i pirati digitali ... un po' sgangherati... dopotutto.»

Ben ridacchiò. «Ma ricorda: nessun pirata può chiamarsi tale se non riesce a fuggire con un qualsiasi bottino.»

La "messa a terra" del progetto

Calata la notte, Ben, Mia e Ted, nella stanza di Ben, ormai trasformata in una piccola sala di comando nel cuore della Siberia e che, a causa delle restrizioni per il risparmio energetico, ora pareva più un buio laboratorio di riparazioni di televisori in bianco e nero con solo una luce tremolante rossiccia emessa dalle valvole di una vecchia radio a onde medie rimasta accesa sintonizzata su Radio Mosca, che ogni tanto emetteva solo un rumore gracchiante e subito dopo il segnale orario. Un luogo di storia, confusione e adrenalina.

La strategia, approvata all'unanimità, seppur contorta e complessa, era pronta per essere messa in atto. La missione: recuperare i soldi che avevano perso in quelle truffe digitali, usando la stessa rete che li aveva fregati. La posta in gioco, molto alta, non era solo il denaro, ma la loro reputazione e il rischio di finire in un'altra trappola, magari peggiore della precedente che si aggiungeva al rischio di essere scoperti come autori del "colpo" alla *"Pacific Vault"*. Se le cose fossero volte per il peggio si sarebbero trovati in carcere e per di più senza un soldo… come dire… *"cornuti e mazziati"*

Mia aveva già preparato il sito di "vendita" dei servizi impossibili, simulando una piattaforma professionale di oggetti e esperienze digitali fuori dal comune. Le offerte spaziavano da "vacanze sul Sole" a "accessi VIP a eventi interdimensionali". Dettagli, immagini, descrizioni, slogan accattivanti e bellissime influencer erano realizzati con l'aiuto dell'intelligenza artificiale e adattati da Mia per sembrare autentici.

Ben, intanto, stava per implementare la parte più delicata: il sistema di pagamento della truffa nella truffa. «Okay», disse Ben, digitando sempre più velocemente sulla tastiera del suo laptop. «Dobbiamo far credere che tutto sia perfettamente legittimo. I pagamenti non devono destare il minimo sospetto.» Poi aggiunse, con il sorriso di quelli che non ammettono repliche: «La contraffazione del portale di pagamento dev'essere impeccabile. E, come sempre, la perfezione si nasconde nei dettagli.»

Ted, che fino a quel momento si era limitato a monitorare l'andamento delle operazioni, intervenne. «Giusto. I nostri truffatori vogliono comprare un sogno, non un semplice file di testo. Dobbiamo vendere qualcosa che sia veramente 'impossibile'… ma abbastanza attraente da spingerli a mettere mano al portafoglio.»

Mia si alzò e cominciò a camminare avanti e indietro. «E non dimentichiamoci della *Pacific Vault*: dobbiamo risolvere il problema con i loro sistemi di sicurezza. Se riescono a risalire a noi, siamo nei guai fino al collo.»

Mia si fermò e fissò Ben, che osservò: «Ok, ma non mettiamo troppa carne al fuoco: risolviamo un problema alla volta. Pensiamo adesso a recuperare il nostro denaro e poi ci concentreremo per risolvere il problema con la banca.»

Ted la guardò con un sorriso. «Hai ragione, una cosa alla volta. Stabiliamo una "timeline" operativa: diamoci dei tempi certi entro i quali realizzare le soluzioni. Iniziamo dal recupero del denaro e diamoci ventiquattro ore, poi passiamo alla soluzione del problema con la "Pacific Vault" e dedichiamo le successive ventiquattro ore.» poi fatta una breve pausa, proseguì: «Lavoreremo con turni di sei ore durante i quali due di noi saranno o operativi e uno riposerà. Così non perderemo nemmeno un minuto.»

Ben non rispose subito. Si avvicinò al monitor, fissando la linea di codice che stava cercando di scrivere. Poi, finalmente, parlò: «Ok, dobbiamo procedere con il piano. Io, metto a punto la parte di vendita dei servizi impossibili, Mia ha già completato la realizzazione del marketplace digitale, sarà la prima a riposarsi.» poi, guardando Ted, aggiunse: «Nel frattempo, tu, Ted, completa la realizzazione del portale di pagamento e io mi occuperò delle pubblicazioni delle pagine web sul server virtuale. Ogni passo deve essere in tempo reale, senza alcun margine di errore.»

Ci fu uno sguardo incrociato di intesa e ciascuno si posizionò al proprio ruolo: Ben e Ted ai rispettivi tablet per sistemare ogni minimo dettaglio della truffa nella truffa. Mia si sdraiò su un divanetto a riposare, ma sempre con un occhio e un orecchio attenti a ciò che succedeva, per apportare il proprio eventuale aiuto, ce ne fosse stato bisogno. Il piano cominciò a prendere forma e, per un attimo, tutto sembrò andare per il verso giusto.

Nel frattempo, a bordo della "Pacific Vault"

L'equipaggio della Nave-Banca riprendeva lentamente i suoi posti. Il silenzio nel grande hangar del sistema di controllo era interrotto solo dal suono dei passi degli operai e dei tecnici che tornavano a lavorare. Il Capitano si era ritirato nella sua cabina, ma c'era una strana atmosfera. Il presentimento che qualcosa non tornasse.

Un tecnico, alle prese con il sistema di navigazione, notò un piccolo errore nei collegamenti di rete. Il terminale segnalava che alcune connessioni principali erano passate attraverso un'identificazione inconsueta: l'identificativo di uno smartphone. Non solo. Alcune sequenze di accesso ai dati bancari della nave risultavano transitare unicamente da quello che sembrava proprio un dispositivo mobile presente sull'imbarcazione: uno smartphone. Il telefonino Capitano Johnny.

«Capitano!» esclamò il tecnico, correndo verso di lui. «Abbiamo un problema. Alcune connessioni a livello di sistema sono state alterate. Mentre eravamo sull'isola a riposare, qualcuno ha effettuato centinaia di transazioni bancarie … e sono tutte collegate al suo smartphone!»

Il Capitano, che stava esaminando alcuni rapporti in privato, si voltò di scatto. «Cosa intendi dire?» chiese, cercando di mascherare una reazione che poteva sembrare… leggermente troppo calma.

«Mentre eravamo a fare il bagno sull'isola, qualcuno ha realizzato migliaia di transazioni utilizzando i nostri server e movimentando i conti dei clienti.» Fece una breve pausa, cercando le parole per ciò che gli sarebbe toccato dire. «Signor Capitano, tutti gli ordini di trasferimento di denaro sembra siano partiti dal suo smartphone.» fece quindi una pausa. Deglutì. Attese una qualsiasi reazione da parte del capitano, che non ci fu, quindi proseguì: «Sembra proprio che le operazioni siano state hackerate. Non è solo una questione di sicurezza: le cifre e i dati sono stati manipolati.»

Il capitano non rispose immediatamente. Gli occhi scivolarono lentamente verso lo smartphone che aveva sul tavolo. Poi, in un atto istintivo, lo afferrò e lo nascose tra le mani.

I tecnici cominciarono a parlarsi tra loro, ma il capitano non li ascoltava più. In fondo, sapeva che quelle connessioni non erano casuali. Qualcosa, da lontano, aveva agito su di lui. Qualcosa che non poteva essere facilmente spiegato. Se l'hackeraggio era partito dal suo o dispositivo, una sola poteva essere la verità: un attacco da parte di pirati digitali.

La vergogna del capitano

Il capitano fissava il suo smartphone, le mani che tremavano

imperccettibilmente mentre le parole del tecnico ronzavano nella sua testa come uno sciame di api furiose.

Il meme del gatto pirata…. quel maledetto meme. Pensò.

Mai, in tutta la sua carriera, aveva commesso un errore così banale. Mai avrebbe immaginato che quel semplice gesto potesse diventare l'inizio del peggior incubo della sua vita.

Ora, mentre il sistema di sicurezza confermava che tutte le transazioni sospette provenivano dal suo smartphone, il Capitano non riusciva a respirare. Lui, il comandante della nave finanziaria più sicura al mondo, sarebbe passato alla storia non per i suoi numerosi successi, ma per l'unico errore commesso: essere stato il solo Capitano sotto il cui comando la nave fosse stata hackerata.

Il pensiero dei fondi dei clienti miliardari, dei conti segreti, degli investimenti offshore, dei patrimoni ereditari evaporati in un attacco informatico, lo fece sudare freddo. *Se questa storia diventa pubblica*, pensò, *la mia carriera è finita. E anche la reputazione della banca sarebbe compromessa. Per sempre.*

Ma il peggio doveva ancora arrivare.

Uno dei tecnici si avvicinò al Capitano con un tablet in mano, visibilmente agitato. «Signore, c'è qualcosa che deve sapere.»

«Cos'altro?» chiede Johnny.

«Il sistema di sicurezza centrale della nave ha già inviato un rapporto automatico alla sede mondiale della banca.» disse quasi sottovoce il tecnico.

Il Capitano sgranò gli occhi. «Che cosa?!»

Il tecnico inghiottì a fatica. «È il protocollo standard in caso di anomalie su larga scala. Non possiamo fermarlo. Hanno già ricevuto i dati sulle transazioni sospette e sugli ammanchi. La sede è stata notificata...»

Il Capitano si afferrò il bordo della scrivania per non vacillare. «Dov'è questa sede?»

Il tecnico esitò. «Ma come, non lo sa? Nel sottosuolo di Honolulu, signore. Nel bunker centrale. I vertici hanno già attivato le procedure di emergenza. Probabilmente hanno già convocando una riunione straordinaria del comitato di sicurezza.»

Il Capitano si lasciò cadere sulla poltrona, il volto pallido come un lenzuolo. «E ora?» sussurrò, più a sé stesso che agli altri.

Nel bunker di Honolulu

Nel cuore pulsante della banca, nel sottosuolo di Honolulu: un vasto complesso sotterraneo protetto da multistrati di pareti di acciaio e decine di fierwall concatenati per garantire la sicurezza digitale, il consiglio di amministrazione si era riunito d'urgenza in riunione plenaria di emergenza che vedeva protagonista il comitato di sicurezza, in una sala conferenze insonorizzata con parerti tappezzate di schermi che mostravano

diagrammi che precipitavano e flussi di numeri impazziti che scendevano a cascata.

«Signori,» iniziò uno degli analisti principali, indicando uno degli schermi, «abbiamo rilevato transazioni sospette provenienti dalla Nave-Banca *"Pacific Vault"*. Le perdite ammontano a una cifra significativa. Il sistema ha identificato il dispositivo principale coinvolto: uno smartphone registrato a nome del Capitano della nave.»

Un brusio si sollevò tra i presenti.

Un uomo anziano, dall'aria severa e con un sigaro tra le dita, batté un pugno sul tavolo. «Non è possibile! Questa è la nave finanziaria più sicura al mondo! Come è potuto accadere?»

L'analista deglutì. «Non lo sappiamo ancora, signore. Quello che possiamo prefigurare con le informazioni a disposizione è un possibile hackeraggio del cellulare del Capitano, ma sono comunque supposizioni.» Si fermò un attimo per valutare la situazione, poi aggiunse: «Fino a che i fatti non sono accertati la fiducia e la considerazione che il nostro istituto ha del Capitano Johnny rimane immutata, pur se in questo momento tutti, sulla nave, sono sospettati come possibili autori.» Fece una breve pausa di riflessione, quindi proseguì: «Il nostro sistema sta cercando di tracciare il percorso degli hacker, se di hacker si tratta. Per ricostruire i tracciati degli ordini di trasferimento del denaro e individuare le reali responsabilità ci occorre altro tempo.»

Un'altra voce si alzò. «Tempo che non abbiamo. Se questa storia trapela, i clienti perderanno fiducia. E, con clienti del calibro dei nostri, un singolo errore potrebbe costarci miliardi.»

Intanto... i pirati sgangherati ...

Contemporaneamente, in una stanza dell'hotel *"Il Cubo Ghiacciato"*, terminati i dettagli della trappola informatica predisposta per gli hacker, Ben cliccava sul tasto *"Enter"* del suo laptop pubblicando l'offerta commerciale a loro dedicata.

Passato qualche minuto iniziarono ad arrivare sui cellulari dei tre le notifiche di accredito. Il piano di hackeraggio degli hacker stava funzionando: stavano acquistando a più non posso i viaggi vacanza di quindici giorni sul sole, visite guidate in costume nel medioevo e case vacanza tra i pescecani in mezzo all'Oceano Atlantico.

In breve i conti dei tre furono ripristinati e, anzi, gli hacker "cattivi" spesero ben di più di quanto riuscirono a prelevare dai conti di Ted, Ben e Mia.

Ora rimaneva da risolvere la questione più spinosa: ripristinare i conti dei clienti della "Pacific Vault"... e farlo in modo da uscirne non solo "in piedi", ma possibilmente acquisendo un vantaggio dal pasticciaccio in cui si erano cacciati.

La timeline deve proseguire

Ben sedeva davanti al suo laptop, con un sorriso compiaciuto che si allargava sul volto mentre osservava i saldi dei loro conti che crescevano di minuto in minuto.

Mia, svegliatasi da poco, si accorse subito del cambiamento in Ben.

«Ehi, va tutto bene?» gli chiese, appoggiando una mano sulla sua spalla.

«Per te, meravigliosamente!» Escalmò Ted, «Hai recuperato tutto il tuo denaro... e anche un po' di più. La prima fase è andata.», la guardò e ne colse lo sguarso soddisfatto, poi aggiunse: «Ora la timeline che ci siamo dati indica che dobbiamo concentrarci sulla seconda parte del piano. Dobbiamo solo rimanere razionali e seguire il programma»

Mia annuì. «Esatto. La fase due. Ripariamo i danni provocati alla *"Pacific Vault"* e cerchiamo di trarre vantaggio da tutto quello che abbiamo combinato, in modo da uscirne puliti.» e concluse: «Dobbiamo restare lucidi.»

Con un profondo respiro, Ben si sforzò di calmarsi. I tre pirati improvvisati si riunirono attorno al tavolo, pronti a mettere in moto la seconda fase del loro piano. Il momento di agire era arrivato.

Un'idea Inaspettata

Proprio quando sembrava che tutto fosse perduto, Ben alzò lo sguardo dal suo telefono con un'espressione eccitata. «Aspettate, aspettate! Ho un'idea geniale.»
«Oh no,» disse Ted, scettico. «L'ultima volta che hai detto 'idea geniale' ci siamo ritrovati al verde.» continuò con tono ironico ma rassicurante per Ben.

Ben sorrise e non dette seguito al commento. «Ascoltatemi: e se contattassimo direttamente la banca? Mandiamo una comunicazione in cui diciamo che l'hackeraggio è stato un test di tenuta dei loro sistemi di sicurezza per evidenziarne la vulnerabilità e proporre loro un contratto di servizi di sicurezza, e che tutto rientra in un nostro piano di marketing per farci conoscere.»

Mia si portò una mano sulla fronte. «E pensi che ci credano?»

«Beh… se ci mettiamo d'accordo sui contenuti della mail, potremmo convincerli, inoltre li rassicuriamo dicendo loro che ripristineremo tutto allo stato iniziale, senza che alcun cliente subisca alcuna perdita», quindi, colta una certa perplessità negli sguardi degli interlocutori, aggiunse: «E che lo faremo gratuitamente e indipendentemente dalla sottoscrizione del contratto: si convinceranno che è stata solo un'azione dimostrativa.» concluse Ben con un sorriso disarmante.

Dopo una lunga discussione, decisero di provare il piano. Scrissero questa e-mail formale, firmata come "E.S.D.E. - Esperti di Sicurezza Digitali Esterni".

Spett.le Pacific Vault
Ancorata presso l'Isola che non c'è
Oceano Pacifico
Mondo.

"Oggetto: Proposta di Collaborazione per Miglioramento Sicurezza – Pacific Vault

Gentili Responsabili di Pacific Vault,

Con la presente desideriamo scusarci per qualsiasi inconveniente possa essere stato causato nelle ultime ore. Desideriamo chiarire che le recenti anomalie rientrano nell'ambito di una precisa strategia di marketing in quanto **E.S.D.E. - "Esperti di Sicurezza Digitale Esterni"** mirata a evidenziare le vulnerabilità dei vostri sistemi di sicurezza, considerati tra i più sicuri al mondo.

Siamo lieti di informarvi che non solo siamo riusciti a individuare la vostra location, ma abbiamo anche dimostrato la facilità con cui è stato possibile accedere ai vostri sistemi. Questa dimostrazione pratica è stata ideata per evidenziare aree critiche di miglioramento e non per causare alcun danno permanente.

Con questo in mente, vi proponiamo un contratto di consulenza per la revisione e l'aggiornamento continuo dei vostri protocolli di sicurezza, garantendo che il vostro sistema rimanga impenetrabile in futuro. Riteniamo che il nostro intervento possa portare a una maggiore fiducia da parte dei vostri clienti e rafforzare la vostra reputazione.

A dimostrazione della nostra buona fede, comunichiamo che anche qualora decidiate di non accettare la nostra proposta, ci impegniamo a ripristinare la situazione iniziale di ciascun conto entro ventiquattro ore dalla ricezione della presente mail, senza che alcun cliente subisca perdite.

Tuttavia, riteniamo importante sottolineare che il recente scompiglio globale è il risultato delle vostre azioni dettate dal panico, e non delle nostre intenzioni. Tali azioni hanno messo in ulteriore evidenza le vulnerabilità che ora rischiano di diventare di dominio pubblico.

Pertanto, vi consigliamo di prendere l'iniziativa e "giocare di anticipo" comunicando al mondo che i vostri sistemi di sicurezza sono stati messi a dura prova e hanno resistito grazie al nostro intervento. Questa mossa vi permetterà di posizionarvi come leader mondiali in tema di sicurezza informatica bancaria.

Restiamo in attesa di un vostro cortese riscontro e delle vostre decisioni in merito.

Distinti Saluti.,
E.S.D.E. - "Esperti di Sicurezza Digitale Esterni"
Ben, Mia, Ted

Gli eventi si evolvono

Il capitano Johnny, nel frattempo, aveva ricevuto un avviso di ammonimento da parte del Consiglio di Amministrazione che lo aveva temporaneamente sospeso dalle funzioni di comando della nave, in attesa di ottenere i risultati dell'inchiesta aperta a suo carico.

Johnny, tuttavia, aveva ancora accesso al proprio account di posta elettronica e quando ricevette la mail dei ragazzi la stava cestinando considerandola spam. Sennonché la frase "proposta di miglioramento della sicurezza" nell'oggetto della mail attirò la sua attenzione e, dopo aver aggiornato i propri antivirus e antimalware, passato al setaccio il documento, con tutte le cautele, aprì l'allegato.

Gli occhi gli si illuminarono. Un gruppo di ragazzi si assumevano la responsabilità dell'attacco ai conti bancari, scagionandolo.

Era la dimostrazione della sua estraneità alla vicenda: non era, come si sarebbe potuto sospettare l'ideatore del piano, ma piuttosto una vittima. La sua responsabilità si limitava ora alla sola leggerezza di aver cliccato sul meme.

Quella mail costituiva la svolta per salvare la propria reputazione. Inoltrò immediatamente la mail al centro sotterraneo di Honolulu, all'attenzione di tutti gli amministratori, ai componenti del comitato di sicurezza e al Presidente.

Passarono due lunghissimi giorni, in cui i ragazzi, nell'attesa di una risposta da parte della banca, fecero tutte le ipotesi più catastrofiche, pensando che quella mail poteva essere usata contro di loro come confessione dell'accaduto e temendo che in ogni momento potesse bussare alla porta una delegazione militare dell'FBI o della CIA per arrestarli.

Poi, sorprendentemente, la banca rispose. L'email era cortese, ma sottolineava che avrebbero richiesto un colloquio video con gli "esperti" per confermare la storia.

«Un colloquio video?» interrogò Mia. «Ben, questa è colpa tua. Io non ci metto la faccia!»

«Perché no? Sei tu la più professionale di noi, per di più conosci i meandri delle menti umane, hai un master in neuromarketing alla Harvard University... chi meglio di te saprebbe intuire al volo cosa si aspetta la controparte?» disse Ted, con una risata nervosa.

«No, grazie. Questo caso è tutto tuo,» rispose Mia, indicando Ben.

Ben si rimboccò le maniche. «Va bene. Lasciatemi fare. Sono il re dell'improvvisazione.»

A questo punto Mia, vedendo la buona disposizione del compagno di ventura, si offrì come suggeritrice in connessione con gli auricolari di Ben: osservando le microespressioni degli interlocutori gli avrebbe dato indicazioni su come correggere la sua improvvisazione per ottenere il massimo del risultato.

Durante il colloquio, Ben, con la sapiente assistenza di Mia, riuscì a mettere in scena una performance incredibile: si presentò come legale rappresentante dell' *"E.S.D.E. – Esperti di Sicurezza Digitale Esterni"*; parlò con una voce grave e sicura, usando un linguaggio professionale che comprendeva termini tecnici appropriati.

Il risultato? La banca decise di sottoscrivere il contratto di consulenza informatica e quando Mia suggerì negli auricolari di Ben di aggiungere una clausola per farsi riconoscere il 10% di royalties sulla vendita delle soluzioni informatiche realizzate a qualsiasi istituto bancario terzo, Ben le lanciò un'occhiata come per dire "non esageriamo"; Mia rispose sgranando gli occhi e corrugando la fronte con uno sguardo che significava "guai a te se non ci provi".

Ben formulò la richiesta che, dopo un minuto di silenzio da parte dei banchieri, che fece sudare freddo i nostri pirati, consapevoli che un eventuale rifiuto avrebbe potuto far crollare l'intero piano, la banca rilanciò proponendo il 5% di royalties e l'accordo fu raggiunto. Il presidente concluse assicurando che avrebbe predisposto il contratto di sua mano e glielo avrebbe inviato via Posta Elettronica Certificata.

Era fatta. Erano salvi.

Si salutarono, scambiandosi le informazioni di contatto e, una volta chiusa la comunicazione i ragazzi scoppiarono in un urlo liberatorio che fu udito in tutto "*Il Cubo Ghiacciato*".

La felicità dei pirati informatici

Mia esplose in una danza di felicità: saltava per tutta la stanza facendo giravolte a braccia allargate. Poi, stordita dalle piroette e sfinita, piegata in due con le mani sulle ginocchia, disse affannata: «Beh, almeno abbiamo una storia incredibile da raccontare. Anche se... non dirò mai a nessuno che sono stata parte di questa follia.»

I tre si scambiarono un'occhiata complice, e per la prima volta da giorni, risero insieme.

«Sapete una cosa?» disse Ben. «Nonostante tutto, sono felice di averlo fatto con voi. Forse non siamo i migliori pirati informatici, ma siamo sicuramente i più divertenti.»

Mia e Ted annuirono. In fondo, anche nei momenti più assurdi, avevano scoperto che un po' di caos poteva essere l'ingrediente segreto per un'amicizia indimenticabile.

Ben, Mia e Ted, prima ancora di ricevere il contratto sottoscritto dalla banca, erano seduti davanti ai loro computer, il silenzio nella stanza interrotto solo dal ticchettio delle tastiere. Con mano ferma e massima concentrazione, come promesso, stavano ripristinando i dati, riportando tutto alla situazione originaria. Ogni transazione sospetta, ogni modifica, tutto veniva riportato al suo stato precedente. Era come rimettere a posto i pezzi di un puzzle, uno alla volta, fino a completare l'immagine.

«Fatto!» esclamò Ted, alzando le mani in aria. «Abbiamo sistemato tutto.»

«Anche i guai del Capitano Johnny», aggiunse Ben.

Mia annuì, sorridendo. «E nessuno dei clienti di "*Pacific Vault*" si accorgerà mai di nulla.»

Il giudizio del Capitano Johnny

Nel frattempo, dall'altro lato del mondo, una connessione super riservata connetteva le profondità del centro di comando sotterraneo di Honolulu con l'Oceano Pacifico: i vertici della banca erano in videoconferenza criptata con il Capitano Johnny.

Il Capitano Johnny, visibilmente nervoso, ripercorse l'accaduto con tono serio. La voce a tratti spezzata dall'emozione.

«Signori, ecco… devo confessare che… ehm… sono stato io a cliccare su un meme di un gatto pirata.»

A quel punto si udì un mormorio sommesso nell'aula, ma Johnny proseguì con tono più deciso.

«È stata una mia leggerezza, un errore che ha scatenato il caos nei conti dei clienti della banca.»

Il giudice si sistemò gli occhiali sul naso, mentre qualcuno in fondo alla sala tratteneva a fatica una risata.

«Il contenuto della mail che vi ho inoltrato dimostra che non sono coinvolto come ideatore della vicenda. Non un solo centesimo è confluito su miei conti personali.»

Fece una breve pausa, poi concluse, con un tono quasi rassegnato ma sincero:

«Sono stato vittima di un attacco hacker dimostrativo e sono pronto a pagare per la mia leggerezza… di aver cliccato su un meme che, per me, era irresistibile.» e, scoppiando in un pianto infantile aggiunse: «Non ho saputo resistere al gatto con gli stivali vestito da pirata…!!!!».

Dopo un attimo di silenzio carico di tensione mista a incredulità, i volti degli alti dirigenti della banca si accesero di sconcerto e disappunto.

«Capitano Johnny, un errore nella carriera e nella vita di un comandante e di un uomo può essere tollerato,» iniziò il presidente, «ma non più di uno. Nel nostro sistema finanziario, tuttavia, nessun errore può rimanere impunito.»

La decisione fu chiara: l'imminente promozione del Capitano a Generale di Stato Maggiore della Marina Finanziaria Civile sarebbe stata sospesa a tempo indefinito.

Non fu invece comunicato al Capitano che la sospensione era già stata definita in soli cinque anni, riconoscendo l'attenuante che il suo comportamento, seppur disinvolto, aveva messo in luce una debolezza critica del sistema, salvando la banca da potenziali disastri futuri, se fosse stata sfruttata da hacker con cattive intenzioni.

Finale.

Nel frattempo, i tre ragazzi, ormai destinati a diventare futuri milionari, ridevano tra di loro e, ripercorrendo la vicenda.

«Sapete,» disse Mia, pensierosa ma felice, «è stato pericoloso. Avremmo potuto finire nei guai seri. Anche se tra cinquant'anni potrei avere una storia incredibile da raccontare ai miei nipotini, non credo che la racconterò: meglio che non sappiano che nonna è diventata milionaria grazie al fatto di aver preso parte a questa follia.»

Ben annuì. «Sì, ma abbiamo imparato una lezione importante. Quando ti trovi all'angolo, sei disposto a tutto per uscirne.»

Ted ridacchiò. «E noi abbiamo trovato più di una via d'uscita... con stile!»

La stanza si riempì di risate, mentre i tre si rendevano conto che, nonostante tutto, erano usciti vittoriosi. Avevano trasformato un pasticcio potenzialmente disastroso in un successo che li avrebbe resi leggenda nel mondo della sicurezza informatica.

Erano passati dieci giorni esatti da quando si erano incontrati per la prima volta, nella hall gelida — e un po' assurda — dell'hotel *"Il Cubo Ghiacciato".*

Ora, sulla pista dell'aeroporto, l'aereo per Parigi era pronto al decollo.

Salirono a bordo e si sistemarono nei tre posti che avevano scelto al momento della prenotazione: lontani tra loro, proprio come all'andata.

Ma questa volta, non era più la distanza a definirli.

Erano legati da una connessione che nessuna rete avrebbe mai più potuto interrompere.

Per la vita.

4
L'Errore Galattico

Nel lontano 2089, tra le scintillanti stelle della Via Lattea, solcava lo spazio una navicella più unica che rara: la **"Bagnarola Stellare"**, pilotata dai famigerati astro-pirati Bugo, Filo, Daba e Ruki.

Erano noti per il loro stile di vita sgangherato e i loro maldestri tentativi di saccheggio intergalattico.

Come tutto ebbe inizio

Sul finire degli anni '70 (2070, s'intende) in un angolo sperduto della Via Lattea, ai margini di Kheplerus, un improbabile sistema stellare composto da tre stelle simili al Sole e da venticinque pianeti, dove di notte le stelle nel cielo brillano un po' più fioche e le leggi sono solo suggerimenti, si incrociarono per caso le vite di quattro bizzarri personaggi che sarebbero diventati i pirati più sgangherati di tutti i tempi.

Bugo – Il Capitano dal cuore grande e la testa vuota

Bugo non era nato per essere un pirata. Anzi, da piccolo sognava di diventare un eroe intergalattico. Sul pianeta Kheplerus IX, dove, a causa dei tre Soli, non era mai notte, la vita era scandita da routine noiose e cieli erano sempre grigi di nuvole e di polvere, Bugo si dedicava alla riparazione di vecchi motori stellari, che acquistava, smontati in scatole di montaggio ma che non gli riusciva mai di farli funzionare per come erano stati progettati. Era convinto che i manuali di istruzioni per il montaggio non fossero poi così importanti e ne leggeva una pagina sì e una no. Era riuscito così ad ottenere un forno a microonde da un motore subatomico per la scomposizione molecolare, oppure, in un'altra occasione, da un kit per l'autocostruzione di un razzo vettore per l'invio in orbita di satelliti, aveva ottenuto una lavatrice a secco pefettamente funzionante. Per questo, il suo talento era, per così dire, discutibile.

Un giorno, dopo aver acquistato l'ennesima scatola di montaggio contenente un acceleratore di particelle subatomiche, da cui era riuscito ad ottenere una macchina per lo zucchero filato, decise che era tempo di cambiare aria.

Partì con la sua fedele "Bagnarola Stellare", un rottame spaziale che nessuno voleva più, risultato dell'errato montaggio di un kit che doveva invece servire per la costruzione di una formula uno.

Era deciso a diventare un pirata.

E, come ogni grande capitano, aveva bisogno di un equipaggio.

Filo – Il navigatore che perde sempre la bussola

Filo proveniva da un piccolo satellite abitabile appartenente al pianeta Kheplerus III: Ocean, dove sognava di diventare un grande esploratore spaziale. Con la pelle dai toni celesti come certe onde del mare di Ocean e capelli corti, ma lasciati liberi, aveva un talento unico: si perdeva ovunque. Durante una delle sue esplorazioni finì su una stazione spaziale malfamata, senza un soldo e con una bussola rotta.

Fu lì che incontrò Bugo. Una sera, in un pub spaziale, mentre si lamentava della sua ultima disavventura, Bugo gli si avvicinò. «Un navigatore che si perde? Perfetto! Vieni con me, Filo. Ho bisogno di qualcuno che mi faccia sentire meno incapace!» Filo, pensando che peggio di così non poteva andare, accettò.

Daba – La meccanica con le mani d'oro e il cervello in tempesta

Daba era un genio della meccanica, ma con un carattere imprevedibile. Veniva dal pianeta Kheplerus VI, dove era considerata una delle migliori riparatrici di astronavi. Tuttavia, il suo temperamento focoso e il rifiuto di seguire regole la resero poco amata. Dopo essere stata espulsa dalla SuperAccademia di MegaMeccanica per aver trasformato un distributore di snack in un propulsore atomico, decise che era tempo di cercare fortuna altrove.

Incontrò Bugo e Filo in un mercatino dell'usato, mentre cercava di vendere a buon mercato i pezzi di ricambio per la sua ultima invenzione: una bicicletta a neutrini con reattore a pedali.

«Ti serve una meccanica?» chiese a Bugo, con un sorriso furbo, avendolo individuato come il capitano dell'astronave arrugginita, per averlo visto smontare per primo dalla navicella, parcheggiata in lontananza.

«Non sono brava a seguire le regole, ma la tua zattera cosmica ha decisamente bisogno di qualcuno che la tenga insieme.» azzardò Daba, ben sapendo di rischiare di offendere Bugo con quell'appellativo rivolto al prezioso kit malriuscito.

Bugo, che aveva un ottimo spirito di autocritica non si offese, e la accolse invece a bordo, felice di avere finalmente qualcuno che sapesse come riparare, e magari migliorare, la sua *"Bagnarola Stellare"*.

Ruki – Il communicator sognatore

Ruki era il più giovane del gruppo, un umanoide curioso con un'antenna sempre puntata verso le stelle. Proveniva da Kheplerus VII, un pianeta conosciuto per aver dato i natali ai più grandi comunicatori intergalattici. Eccetto uno: Ruki.

Sognava di diventare una celebrità radiofonica, ma i suoi discorsi spesso si trasformavano in racconti strampalati che facevano addormentare gli ascoltatori.

Stanco di essere ignorato, Ruki decise di cercare avventure lontano dal suo pianeta. Incontrò Bugo, Filo e Daba mentre cercava di far funzionare un sistema di comunicazione di ultima generazione.

«Vuoi essere il mio comunicatore?» chiese Bugo, «ci serve qualcuno che, durante gli interminabili viaggi interstellari ci sappia intrattenere, raccontando storie, anche se terribili!» Ruki, con gli occhi che brillavano di entusiasmo, accettò subito.

L'inizio dell'avventura

E così, con un capitano maldestro, un navigatore smemorato, una meccanica impetuosa e un comunicatore sognatore, i quattro si lanciarono nell'ignoto.

La *"Bagnarola Stellare"*, con la sua vernice scrostata, i giunti arrugginiti e i motori cigolanti, grazie al suo equipaggio sgangherato divenne presto una leggenda tra i sistemi stellari, ma non per le imprese epiche, quanto per le scie di disastri leggendari che lasciava dietro sé ovunque andasse.

Il quartetto, formò l'equipaggio più sgangherato di tutta la galassia.

Pronti a vivere avventure incredibili, a commettere errori irrimediabili, ma sempre con il cuore al posto giusto... o almeno quasi sempre.

Un giorno, mentre entravano furtivamente nel sistema solare, notarono una navicella umanoide che con tutta probabilità trasportava terre rare: elementi che erano diventati necessari agli abitanti del pianeta Terra per sopravvivere. Nel 2061, infatti, l'umanità come la conosciamo oggi, aveva subito una trasformazione radicale. Gli esseri umani erano diventati **umanoidi**, una fusione avanzata di ciò che restava del corpo biologico con la tecnologia digitale più sofisticata.

Questi nuovi esseri, composti in parte da tessuti organici e in parte da super conduttori, avevano superato molte delle limitazioni del corpo umano tradizionale. Tuttavia, per mantenere in funzione questa perfetta combinazione di carne e tecnologia, i nuovi umanoidi avevano bisogno di **terre rare**.

Le terre rare: il cuore della sopravvivenza degli umanoidi

Le terre rare, un gruppo di elementi chimici essenziali, chiamati così per la estrema scarsità sul pianeta terra, erano cruciali per la creazione e il funzionamento delle batterie biotecnologiche che alimentavano i microchip indispensabili per assicurare il funzionamento di quello che rimaneva dei loro organi biologici.

L'energia fornita da queste batterie era essenziale per regolare le funzioni degli organi biologici ancora necessari per la vita, come il cuore per la circolazione del sangue sintetico, i reni per la sua depurazione e il midollo osseo per la trasmissione dei segnali neurali digitali a tutto il corpo.

Senza queste batterie, gli umanoidi non potevano sostenere la loro esistenza ibrida.

Le terre rare erano quindi fondamentali per produrre le **giga-battery**, necessarie per trasferire energia ai **nano-accumulatori** che garantivano l'equilibrio tra le parti biologiche e quelle cibernetiche, mantenendo in vita gli umanoidi e permettendo loro di funzionare in modo ottimale.

La nuova alimentazione: energia a basso costo

Con l'abolizione del cibo tradizionale, gli umanoidi si ricaricavano di energia vitale nelle **stazioni di ricarica**: luoghi che avevano sostituito le vecchie catene di fast food come il McDonald's. Queste stazioni riuscivano a fornire energia a basso costo, immagazzinata nelle **giga-battery** biotecnologiche grazie alle terre rare provenienti dall'interspazio, essendo quelle sulla Terra esaurite perché utilizzate tutte negli anni '20 per alimentare un sistema di trasporto, poi miseramente fallito, costituito da automobili funzionanti a batteria.

Ora gli umanoidi potevano "mangiare" energia direttamente, immagazzinandola a loro volta nei nano-accumulatori collocati dietro le orecchie, eliminando il bisogno di nutrimento tradizionale come bistecche o hamburger al bacon. Il loro sistema biologico, liberato dal cibo tradizionale, ora però dipendeva dalla costante alimentazione di queste ricariche energetiche.

La minaccia degli astro-pirati

Le terre rare costituivano quindi un bene preziosissimo, raccolto su pianeti o loro satelliti lontanissimi e trasportato attraverso le rotte interplanetarie dei sistemi solari della Via Lattea in quantità limitate. Gli **astro-pirati**, Bugo, Filo, Daba e Ruki, sapevano che questi carichi costituivano una enorme ricchezza, e appropriarsene sarebbe stata una grande opportunità di lucro.

Assaltare le navicelle cariche di terre rare significava infatti avere accesso a una risorsa vitale per gli umanoidi che poteva essere rivenduta a caro prezzo, ma anche utilizzata quale mezzo di ricatto: un'attività che non necessitava di indebitamento e nemmeno di pagare un Khep di tasse (il "Khep" era la criptovaluta ufficiale del sistema Kheplerus).

Tuttavia, anche i pirati sgangherati sapevano che c'erano limiti etici da rispettare. Non rispettarli, comportava conseguenza che avrebbero presto scoperto a proprie spese.

L'operazione di abbordaggio della "Bagnarola Stellare"

«Amici, è il nostro giorno fortunato!» esclamò Bugo, con un ghigno da marpione.

«Assaltare quella navicella sarà un gioco da ragazzi,» aggiunse Filo, agitando entusiasta il suo cannocchiale. Peccato che guardasse dalla parte sbagliata.

Daba ridacchiò e accese i motori. «Gioco da ragazzi? Con noi di mezzo? Speriamo solo di non saltare in aria... anzi... in vuoto, visto che stiamo navigando nello spazio.»

La **Bagnarola Stellare**, con i suoi motori sibilanti e il rivestimento di metallo scrostato, scivolava furtivamente attraverso l'oscurità dello spazio interplanetario. Bugo, al timone, osservava con attenzione la navicella degli umanoidi che si stagliava all'orizzonte, un luccicante cilindro argenteo che, con tutta probabilità, trasportava i preziosi carichi di terre rare.

«Ci siamo quasi, ragazzi», mormorò Bugo, il volto illuminato dalla luce tremolante dei monitor di bordo.

Filo, seduto accanto a lui con il visore calato sugli occhi, stava cercando di decifrare le coordinate. «Un po' a destra... no, alla mia destra, che è la tua sinistra... o forse di nuovo alla tua destra?» mormorava, confuso, mentre tentava di guidare la nave verso il loro bersaglio senza essere rilevati.

Daba era in sala macchine, impegnata a monitorare i motori per evitare che facessero troppo rumore. «Tenete la rotta e niente manovre brusche!» gridò nel comunicatore. «Se questa vecchia bagnarola cigola ancora, ci sentiranno fino a Marte!»

Ruki, nel frattempo, era occupato a monitorare le frequenze radio degli umanoidi. «Siamo ancora sotto i radar», riferì con un sorriso soddisfatto. «Nessun segnale di allarme.»

La *Bagnarola Stellare* si avvicinava lentamente, mantenendosi nell'ombra di un asteroide vicino per evitare i sensori della navicella. A bordo, l'atmosfera era tesa. Ogni passo doveva essere calcolato, ogni errore poteva significare la loro scoperta e il fallimento dell'operazione: gli umanoidi avrebbero fatto intervenire immediatamente le squadre di droni per la difesa aerospaziale, che con i loro dardi quantum-neutronici al gravitonio arricchito avrebbero ridotto la navicella pirata alla dimensione di una pedina del gioco della dama.

«Bene, Filo, ora il teletrasporto», ordinò Bugo...
(Continua)

L'appropriazione della tecnologia del teletrasporto da parte dei pirati

Già dal 2020, il **teletrasporto** era ormai una realtà consolidata, frutto di decenni di ricerche iniziate nella seconda metà del 1900. Questa tecnologia, originariamente destinata a scopi scientifici e di trasporto civile, aveva trasformato il modo in cui gli esseri viventi e le merci si spostavano nello spazio. Tuttavia, non ci volle molto prima che i **pirati interstellari**, noti per la loro astuzia e capacità di adattamento, trovassero il modo di appropriarsene.

L'inizio del furto tecnologico

I primi pirati riuscirono a entrare in possesso della tecnologia di teletrasporto nell'aprile del 2030, attraverso una serie di mosse audaci e ingegnose. La loro avventura cominciò quando si imbatterono in una stazione di ricerca abbandonata alla periferia del sistema solare. Questa stazione, un tempo utilizzata per esperimenti scientifici avanzati, era stata abbandonata in fretta dopo un incidente. I pirati dell'epoca, attirati da una vecchia profezia che li vedeva impossessarsi di una straordinaria tecnologia avanzata, lasciata incustodita, che avrebbe determinato la loro egemonia spaziale, decisero di esplorare la struttura abbandonata.

All'interno della stazione, trovarono un **prototipo di teletrasporto** parzialmente funzionante.

I Pirati del 2030 non possedevano ancora conoscenze tecnologiche tali né per poter riparare l'apparato rinvenuto né per comprenderne appieno le potenzialità. Fu così che la tecnologia, in un primo momento requisita dal *"Governo della Costellazione di Kheplerus"*, in un secondo momento fu resa dallo stesso governo disponibile "Open Source" di modo che ciascun pirata del sistema stellare potesse apportare miglioramenti, in cambio del rilascio della licenza di utilizzo a suo nome. Ne uscirono dei prototipi che sortivano gli effetti più strani; teletrasporti con destinazioni in altri sistemi solari, fino a teletrasporti in cui chi partiva era un essere umano e a destinazione arrivava un cavallo.

Anche Bugo partecipò al progetto, acquisendo un prototipo con l'intenzione di studiarlo e migliorarlo, ed ottenne la licenza d'uso riuscendo a teletrasportare quella che in partenza era una gallina e che si ricompose nel cortile del condominio in cui abitava, nelle sembianze di un dinosauro T-Rex.

Ora, con l'apporto fondamentale di Daba, la donna-meccanico del gruppo, riuscirono finalmente a far funzionare correttamente il dispositivo. Tuttavia, la tecnologia era complessa e instabile, il che richiese ingegno e una buona dose di fortuna per riuscire a farla funzionare.

L'implementazione sulla "Bagnarola Stellare"

Una volta compresa la tecnologia e implementato il macchinario, i pirati integrarono il tele trasporto nella loro *Bagnarola Stellare*, adattandolo alle loro esigenze. Tuttavia, come detto, il sistema non era perfetto: richiedeva molto tempo per calcolare le coordinate precise e aveva un raggio d'azione limitato.

Daba, per poter consentire di svolgere le lunghe e complesse operazioni di puntamento rimanendo invisibili, implementò il sistema con un raggio cosmico che bloccava qualsiasi comunicazione da e per la navicella "preda". Per i pirati, il possesso di questa tecnologia rappresentava un vantaggio enorme nelle loro scorrerie interstellari. Se non individuati in fase di avvicinamento a causa dei cigolii dei motori, entrati nell'area di funzionamento del teletrasporto, potevano attivare il raggio cosmico e, calcolate con calma le coordinate, tele-trasportarsi a bordo di una navicella bersaglio per depredarla (e ritornare indietro) in un battito di ciglia, apparendo improvvisamente e dal nulla sulla nave preda, in un perfetto e incontrastabile "effetto sorpresa" per l'equipaggio sotto attacco, che rimaneva spiazzato e immobilizzato anche nelle telecomunicazioni.

Elemento, l'effetto sorpresa, fondamentale per la riuscita del saccheggio in quanto, sempre per effetto del raggio cosmico, la navicella attaccata si trovava in uno stato di isolamento radio, quindi impedita a richiedere soccorso fino a quando la *Bagnarola Stellare* si fosse allontanata fino al punto di rendersi irraggiungibile e invisibile a qualunque sistema di scannerizzazione planetaria.

Il funzionamento del teletrasporto

Il teletrasporto funzionava basandosi sulla **scomposizione molecolare** e la **ricomposizione** a livello quantistico. Ecco una spiegazione semplificata del processo:

Scansione Molecolare: Il dispositivo analizzava ogni molecola del corpo e degli oggetti da tele-trasportare, mappandone la posizione e la struttura.

Conversione Energetica: Le molecole erano quindi convertite in un flusso di energia quantistica, che veniva trasmessa alla destinazione desiderata attraverso un canale di comunicazione quasar governato da un raggio laser biogenico di settimo livello: un tipo di laser che non danneggiava né struttura genetica del DNA dei viventi né la struttura molecolare degli oggetti inanimati (i vestiti e le armi) compresi nel tele-trasporto.

Ricomposizione: Una volta raggiunta la destinazione, il flusso di energia veniva riconvertito nella sua forma originale, ricomponendo i corpi e gli oggetti in modo identico a come erano stati scansionati alla partenza.

Il teletrasporto dei pirati, sebbene tecnologicamente avanzato, non era privo di rischi. Errori di calcolo o interruzioni durante il processo potevano portare a materializzazioni incomplete o, peggio, alla scomparsa totale dei soggetti coinvolti. Per questo, ogni operazione di teletrasporto era accompagnata da una buona dose di tensione e nervosismo.

L'Arrembaggio

(Ripresa) … «Raggio Cosmico attivato!» esclamò Daba, «possiamo uscire dalla zona d'ombra dell'asteroide che ci ha coperto fino ad ora e terminare le operazioni di puntamento»

«Bene, Filo, ora il teletrasporto», ordinò Bugo, terminate le operazioni di puntamento e adesso pronto a guidare l'assalto. Filo annuì nervosamente e premette una

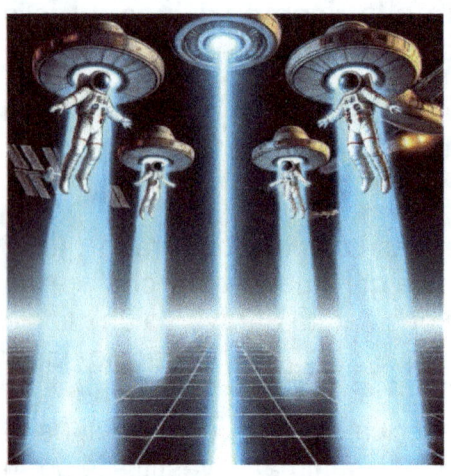

sequenza controllata di pulsanti sul pannello di controllo, la cui attivazione richiese la consueta quantità di attenzione per assicurare il perfetto funzionamento della procedura.

Al termine, una luce blu iniziò a pulsare nella sala centrale della *Bagnarola*.

«Pronti per il salto?» chiese Ruki, un po' agitato.

«Sempre!» rispose Daba, comparendo dal corridoio.

Il raggio azzurro del laser per il teletrasporto si attivò, e in un battito di ciglia, Bugo, Filo, Daba e Ruki furono risucchiati dagli orifizi dei rispettivi trasduttori e si materializzarono all'interno della navicella degli umanoidi, armati fino ai denti con le loro sciabole arrugginite e i laser acquistati al mercatino delle pulci la settimana precedente.

Si guardarono. Il teletrasporto era riuscito perfettamente.

L'ambiente era luminoso, con pareti lucide e pavimenti impeccabilmente puliti, molto diverso dalla loro bagnarola scalcagnata.

Daba notò che le porte erano contrassegnate da degli strani simboli con scritte come "Classe 5ªA"; "Classe 5ªB"; "Classe 5ªC". Fece notare la cosa ai compagni di arrembaggio, ma nessuno ci fece caso più di tanto, pensando che si trattasse di una sorta di classificazione commerciale delle terre rare contenuta all'interno di ciascuna stanza: un'indicazione della "classe" di purezza cui apparteneva ciascuna varietà.

L'errore fatale

«Questa è una rapina! Consegnateci le terre rare!» tuonò Ruki, aprendo con un calcio una porta da cui provenivano dei suoni simili a risate e schiamazzi.

Ma anziché trovarsi in una sala controllo di fronte a piloti impauriti, i pirati incontrarono un gruppo di umanoidi studenti dell'ultimo anno del *corso universitario di scienze del teletrasporto interstellare rapido* che stavano sperimentando un simulatore di volo.

«Studenti? Ma chi ha messo degli studenti qui?» chiese Bugo, grattandosi la testa.

«È... è un seminario di formazione?» azzardò Daba, cercando di mettere insieme i pezzi del puzzle.

In un batter d'occhio, la situazione prese una piega inaspettata. «Non si assaltano le navicelle degli studenti!» sbottò uno dei docenti universitari: un'anziana umanoide dal volto cibernetico ma dall'aria severa. «Quello che state facendo vi costerà il deferimento all'Alta Corte di Giustizia interstellare!» proseguì l'anziana insegnante biodigitale.

L'etica piratesca

Nonostante l'attività dei pirati fosse chiaramente illegale per gli standard terrestri e delle altre civiltà galattiche, con una storica riunione tenutasi nel 2075, che prese il nome di "Trattato di Tethys" in onore al satellite neutrale che la ospitò, il *"Governo della Costellazione"* e le associazioni di categoria degli esercenti attività piratesca stilarono il ***"Codice Etico Piratesco"***, che delineava i limiti entro i quali l'attività piratesca era considerata accettabile, sebbene da considerarsi fuorilegge. Superare quei limiti ed infrangere quelle regole avrebbe comportato delle conseguenze molto gravi per i pirati.

Le prime tre regole del trattato, che erano anche le più importanti erano:

1. **Non depredare completamente le risorse di una navicella**: Era proibito lasciare un equipaggio senza carburante o viveri, per evitare che morissero nello spazio. I pirati potevano prendere parte del carico, ma dovevano assicurarsi che la nave avesse abbastanza risorse per raggiungere ed approdare alla base spaziale più vicina.

2. **Risparmiare vite umane**: La violenza gratuita era considerata non solo un segno di debolezza, ma anche un rischio inaccettabile.

3. **Non attaccare navicelle con a bordo umanoidi in formazione**: Questa era la regola più importante e quella punita più severamente in caso di violazione. L'istruzione era riconosciuta infatti come una risorsa fondamentale per garantire il futuro delle civiltà e ogni attività che poteva essere di pericolo od ostacolo al trasferimento delle conoscenze tra generazioni era considerato un crimine gravissimo. Le procedure per accertarsi dello svolgimento di attività formative a bordo di una navicella erano dettagliate e chiare e ben note a tutti i pirati che dovevano, a loro volta, aggiornarsi frequentando dei corsi obbligatori di formazione continua, di almeno venticinque ore annuali, pena la sospensione dal partecipare, anche indirettamente, a qualsiasi operazione di saccheggio.

Quindi, Come era potuto accadere?

L'azione dei quattro pirati avrebbe violato proprio il terzo punto dell'accordo: peraltro quello sanzionato più pesantemente.

Gli sguardi interrogativi si intrecciarono tra loro: ciò di cui non si capacitavano è in che modo fossero incappati in un errore tanto grave. Come potevano essere stati teletrasportati su una navetta-bus di studenti all'ultimo anno del prestigioso *"Corso Universitario di Scienze del Teletrasporto Interstellare Rapido"*, quando le procedure di aggancio miravano tutte a una navetta di trasporto merci, identificata dalla sigla "T.I.R. – Trasporti Inter-stellari Rapidi"?

Increduli di aver commesso un errore etico colossale, i pirati, spaventatissimi, tornarono di corsa alla *Bagnarola Stellare*, consapevoli che il livello di gravità di quanto commesso sarebbe costato loro conseguenze importanti.

La notizia si diffuse rapidamente in tutta la galassia.

Dopo qualche ora, la *Bagnarola Stellare* fluttuava in evoluzioni senza senso nell'orbita di un piccolo pianeta giallo mentre i pirati, ormai rassegnati, attendevano il loro destino. Bugo, con il cappello sgualcito in mano, sedeva accanto a Filo, che non osava alzare lo sguardo dal pavimento.

«Senti, Filo», esordì Bugo, rompendo il silenzio imbarazzante. «C'è qualcosa che non mi torna... Sei sicuro che quella navetta non avesse nessun segno particolare? Nessuna scritta che potesse... non so... suggerirci che a bordo si svolgessero attività formative invece di trasportare terre rare?»

Filo si grattò nervosamente la testa, gli occhi che evitavano il contatto con gli altri. «Beh, a dire il vero... ora che ci penso, forse mancava qualcosa. Una scritta, forse?»

Daba alzò un sopracciglio. «Una scritta? Tipo, *'Non rapinate questa navetta, contiene studenti nerd'*?»

«No, no», balbettò Filo, cercando di ricordare. «Qualcosa come... ehm... TIR: l'acronimo di Trasporti Interstellari Rapidi». Sì, su quella navetta mancava la scritta "TIR", sapete, quella che mettono sempre sulle navette dei trasportatori di merci interstellari», disse con un tono tra il seccato e il confuso. «Ma io l'avevo vista... eccome se l'avevo vista! Non mi so spiegare come sia potuto accadere che una navetta TIR si sia trasformata in una navetta universitaria»

Ruki, che si stava limando le unghie con un piccolo laser, innervosito, sbuffò. «Filo, le navette TIR sono letteralmente cariche di segnali che gridano 'merci'. La prossima volta, magari, usa anche gli occhi oltre al teletrasporto, eh?»

Bugo sospirò, massaggiandosi le tempie. «Così andremo tutti davanti alla Corte Interstellare per una maledetta leggerezza: non esserti accertato dell'esistenza di una scritta. Una dannata scritta.»

La trappola del dipartimento per la sicurezza interplanetaria

Mentre Bugo, Filo, Daba, e Ruki galleggiando nel vuoto attendevano di essere convocati per essere giudicati, ignari di una verità che non avrebbero mai conosciuto per il resto della loro esistenza, una serie di eventi orchestrati con precisione si dipanava dietro le quinte.

In realtà, i pirati erano stati protagonisti di un piano ben congegnato dal "**Ministero Galattico per la Sicurezza Interplanetaria – Distretto: Pianeta Terra-Uno**". L'intero episodio, dalla nave cargo TIR, all'apparente navetta-studenti, non era che una trappola studiata per fermare i pirati che da tempo imperversavano nelle rotte di trasporto delle terre rare e questi pirati erano proprio loro.

Una trappola che puntava a far compiere ai pirati di terre rare proprio quel passo falso: attaccare una navetta su cui si svolgevano attività di alta formazione per essere "tolti di mezzo" dal loro stesso organo di giustizia che li avrebbe condannati all'esilio.

La Finta Navetta-Studio

La navetta, che i pirati avevano scambiato per un trasporto merci, era in realtà un drone spaziale avanzato, progettato per sembrare una comune navetta di trasporto.
La scritta T.I.R. era presente ma rappresentata su un pannello LCD, una volta teletrasportati, la scritta cambiava in "C.U.S. - T.I.R." acronimo di "Corso Universitario di Scienze del Teletrasporto Interstellare Rapido".

In definitiva, il povero Filo non aveva tutti i torti: la scritta era ingannevole.
Da "T.I.R." a "C.U.S.-T.I.R." il passo era breve, troppo breve per degli occhi stanchi e una mente abituata più al saccheggio che alla semantica.
La somiglianza era tale da trarre in inganno anche un doganiere intergalattico, figuriamoci un pirata con la vista corta, gli occhiali sporchi e il cervello in modalità risparmio energetico.

L'interno della navetta-esca era equipaggiato con microproiettori di ologrammi in 3D che riproducevano con altissima qualità gli umanoidi-universitari e la severa docente. Gli ologrammi erano così realistici e raffinati da ingannare completamente i pirati, facendo loro credere di aver intercettato una vera comitiva di studenti.

Allievi e docenti "presenti" a bordo della navetta, infatti, non erano altro che immagini olografiche proiettate e animate da sofisticati algoritmi. In realtà, i veri universitari e gli istruttori erano al sicuro in una base segreta sulla Terra, partecipando all'azione da una sala di controllo dove sofisticate telecamere riprendevano i loro movimenti e microfoni al diamante acquisivano fedelmente le loro voci trasmettendo tutto in altissima definizione alla navetta nello spazio. Ogni movimento, ogni parola e ogni reazione degli ologrammi erano sincronizzati con una latenza impercettibile di 0,0005 secondi (praticamente in tempo reale) grazie a un ponte radio lunare che garantiva una connessione stabile tra la Terra e la navetta-drone.

Il Piano del Ministero

Il **Ministero Galattico per la Sicurezza Interplanetaria** aveva deciso di tendere questa trappola dopo numerose segnalazioni di assalti pirata alle navette di trasporto delle terre rare. Sapevano che i pirati sgangherati, pur non essendo i più pericolosi, erano comunque diventati un pericolo costante per il commercio interplanetario e in particolare rappresentavano una minaccia alla continuità di rifornimento di terre rare per il pianeta Terra.

L'esca di una navetta commerciale in cui si svolgevano attività formative era un piano perfetto per consentire al *"distretto Terra Uno"* di richiedere l'attivazione delle pene previste dal terzo punto del *"Trattato di Thetys"*.

Il Processo presso l'Alta Corte di Giustizia Etica Piratesca Interstellare

Pochi giorni dopo, i pirati sgangherati vennero convocati al' **"Alta Corte di Giustizia Etica Piratesca Interstellare"**. La sala dell'udienza costituiva il tribunale sontuoso e imponente dove si svolgevano i procedimenti contro i pirati che avevano violato il codice etico interstellare.

I quattro imputati entrarono in una grande sala decorata

 in stile barocco, con dettagli ricchi e opulenti che sottolineavano l'importanza e la solennità dell'istituzione.

Al centro, su un pregiato tappeto decorato, erano i quattro giudici: due uomini e due donne, tutti vestiti in abiti pirateschi ma con un tocco di regalità. I loro cappotti erano ornati con ricami d'oro, e portavano cappelli tricorni imponenti. Le donne indossavano eleganti vestiti con corsetti ricamati e mantelli che ricadevano con grazia dietro di loro.

Ciascuno dei quattro giudici teneva in mano un piccolo scettro decorato, simbolo del loro potere decisionale assoluto.

Dietro ai giudici, una grande finestra ad arco lasciava intravvedere il cielo stellato, ricordando la natura interstellare delle loro operazioni.

Un lampadario maestoso illuminava la sala, assieme a dei candelabri, con una luce calda e tremolante, che rifletteva sugli arredi in legno scuro e oro.

Ai lati della stanza, file di pirati e spettatori osservano il procedimento, alcuni con sguardi preoccupati, altri con espressioni di curiosità o divertimento.

La scena trasmetteva un mix di solennità e teatralità, con un'atmosfera che mescolava il rigore della giustizia con il fascino avventuroso della pirateria. L'Alta Corte Etica Piratesca sembrava un luogo dove la legge e l'etica si intrecciavano con l'avventura e il mistero, creando un ambiente unico e memorabile.

Davanti ai quattro Giudici, in piedi su una pedana scricchiolante, stavano i quattro accusati: Bugo, Filo, Daba e Ruki, con i propri tricorni in mano e un'espressione che oscillava tra la paura e il tentativo di sembrare innocenti.

L'Accusa

«Voi, Bugo, Filo, Daba e Ruki, siete accusati di aver assaltato una navicella in cui si svolgevano attività di trasferimento di conoscenze tra generazioni, anche dette attività formative! Questo comportamento è contrario a quanto stabilito al terzo punto del *"Trattato di Thetys"*. Come vi dichiarate?» La voce del Presidente della Corte Giudicante, la donna più anziana, alta e magra, risuonò per tutta la sala.

Alzando un sopracciglio, attese la risposta con impazienza.

La domanda diede il "la" a un valzer di accuse reciproche con improvvisazioni degne di un gruppo di pirati davvero sgangherati.

Bugo, il più anziano del gruppo, si fece avanti, le ginocchia che tremavano e sbattevano l'una contro l'altra facendo il rumore di una dentiera. «Non è colpa mia!» sbraitò, indicando Filo accanto a lui. «È stato Filo a scegliere la navicella sbagliata!»

Filo, già sudato nonostante la frescura della sala, balzò sulla difensiva. «Ma io avevo detto di seguire le coordinate di Ruki!» replicò, agitando le braccia come a voler scacciare l'accusa.

Ruki, che stava giocherellando nervosamente con una vite nella tasca, alzò le spalle. «Se solo Daba avesse riparato il radar in tempo...» aggiunse, puntando il dito contro la meccanica del gruppo.

Daba, la più giovane, ma anche la più risoluta, sbuffò e incrociò le braccia. «Il radar non c'entra e nemmeno io c'entro in questa storia. Mi sono fidata di Filo!» rispose con tono offeso.

Mentre le accuse rimbalzavano avanti e indietro, uno dei giudici, un uomo robusto dalla barba curata e un cappello tricorno decorato, si schiarì rumorosamente la gola. Il gesto, inizialmente ignorato dai pirati intenti a incolparsi a vicenda, si ripeté una seconda volta con maggiore intensità, finché un colpo secco del suo tallone sul pavimento risuonò nella sala, silenziando ogni voce.

«Basta!» tuonò, il suo volto rigido come una maschera di pietra. «Siamo qui per giudicare, non per assistere a un penoso spettacolo da circo!»

La giudice accanto a lui, una donna elegante con occhi penetranti e un mantello scuro, incrociate le braccia si protese leggermente in avanti. «Questa corte non ha tempo per i vostri giochetti. È chiaro che nessuno di voi vuole assumersi la responsabilità, ma sappiate che qui non si sfugge alle conseguenze. Abbiamo tutti assistito al vostro maldestro tentativo di scaricare la colpa, ed è... patetico. Vi ricordo che siete pirati, e allora comportatevi da pirati!»

Gli altri giudici annuirono. Il disappunto visibile nei loro occhi.

«Vi state rendendo ridicoli davanti a tutta la Corte Etica», aggiunse il giudice più anziano, che, incrociando le braccia lanciava un pericoloso messaggio corporale che indicava un inizio di chiusura rispetto una possibile magnanimità nel giudizio. «Pare che non abbiate frequentato il corso di formazione sull'assunzione delle responsabilità... A proposito», continuò il giudice dopo un attimo di silenzio riflessivo, «avete espletato gli obblighi di formazione continua?»

I quattro si scambiarono degli sguardi imbarazzati.

«Bugo, ti sei dimenticato di iscriverci ai corsi di aggiornamento?» disse Daba.

«Per forza, Filo non mi ha dato il calendario delle vostre disponibilità!» rispose Bugo.

«E come facevo a dare a te le disponibilità se nessuno le ha date a me?» contestò Filo.

«BASTAAAAA!» urlò una giudice pirata, fortemente indispettita. «Possibile che vi comportiate come mocciosi? Siete davanti ad un'Alta Corte di Giustizia che potrebbe decidere di mandarvi a morte, e voi continuate a incolparvi a vicenda!»

Un silenzio di tomba calò nella stanza.

«È un'indecenza vedere dei pirati comportarsi così. Pirati che seminano paura negli spazi immensi comportarsi come bambini scoperti con il dito nella marmellata!»

Bugo, Filo, Daba e Ruki si strinsero nelle loro vesti, lanciandosi sguardi preoccupati. Per la prima volta da quando erano entrati nella sala, il peso delle loro azioni sembrava iniziare a gravare davvero sulle loro spalle.

«Ci scusiamo…» mormorò Daba, abbassando lo sguardo.

«Non succederà più», aggiunge Filo, visibilmente imbarazzato.

«Impareremo dai nostri errori», conclude Bugo con un tono di voce che tradiva una piccola scintilla di sincerità.

Il giudice annuì lentamente.

«Meglio così. Ora, fuori dalla nostra vista. Questa corte deve ascoltare l'arringa del vostro difensore prima di ritirarsi per emettere la sentenza.» disse, quindi, dopo uno sguardo d'intesa con gli altri membri della Corte, proseguì: « Meglio per voi se che non vi vediamo e non vi ascoltiamo oltre. Avete già dato il peggio di voi e, a quanto pare, se aprite bocca ulteriormente non potrete fare altro che aggravare la vostra posizione.»

Con il cappello in mano e l'aria dimessa, i quattro pirati si ritirano dalla sala, lasciando i giudici finalmente in pace.

«Parola alla difesa», disse il presidente della Corte, invitando il pirata difensore a svolgere l'arringa.

L'arringa sgangherata dell'avvocato difensore

Il Pirata che aveva assunto l'incarico di difendere i quattro sventurati era un uomo anziano, dall'aria un po' strampalata con un mantello sfilacciato e un monocolo legato ad un occhio come fosse una benda, si alzò con un gesto goffo, inciampando leggermente nel tappeto consunto. Si schiarì la gola con un colpo di tosse esagerato, che fece girare qualche testa.

«Onorevoli giudici», esordì, la voce nasale e l'accento incerto. «Chiedo umilmente, uh… un attimino di tempo per, ehm… presentare il particolare caso di questi, eh, galantuomini e - ehm – galant-donne.»

Fece una pausa, come se stesse cercando le parole giuste e nel frattempo tirò fuori un foglio spiegazzato dalla tasca. «Dunque… eh, i miei assistiti, Bugo, Filo, Daba e Ruki,

sì… loro, eh, non intendevano proprio, cioè, insomma, non volevano assaltare una navicella universitaria, capite? Si è trattato, diciamo, di un… come dire… un pasticcio. Ecco, un malinteso! Un errore!»

Agitò il foglio nell'aria come se contenesse una prova schiacciante. «Guardate questa navetta!» disse, indicando la *Bagnarola Stellare* ritratta sul foglio, «Sì, proprio questa, beh, non questa esattamente, ma un'immagine di quella navetta! Guardate com'è sgangherata… Cos'altro poteva succedere se non un errore? Un errore, sì, un errore fatale per i nostri pirati. Sì, pirati, proprio come voi, ma che nella vita, a differenza vostra, hanno commesso un errore... un solo errore. Quanti di noi commettono errori? E perché non si può perdonare un errore?»

Filo, che, fuori dall'aula spiava dal buco della serratura cosa stava accadendo, si coprì il volto con la mano.

«Uhm, eh, insomma, onorevoli giudici, eh, chi non ha mai fatto un errore? Magari un giorno scambiate una... ehm... un'astronave per un'altra, no? Succede! Giusto?» e concluse la prima parte dell'arringa con una citazione latina: «Errare humanum est!».

L'avvocato si fermò, guardandosi attorno come se cercasse conferma. Nessuno rispose. Deciso a non mollare, fece un passo avanti, quasi inciampando di nuovo. «E poi, voglio dire, insomma... sono pirati, sì, ma hanno cuori da ragazzi! Non attaccherebbero mai dei poveri studenti, ehm... cioè, sapendo che con il cuore sono quasi coetanei. No, mai! Davvero!»

Si voltò verso il buco della serratura, da dove Filo lo osservava con una crescente incredulità. «Chiedo... eh, clemenza, sì. Magari qualcosa di educativo... come... non lo so... un corso di aggiornamento, o qualcosa di simile!»

L'avvocato si raddrizzò, cercando di dare una parvenza di dignità alla sua arringa, ma il monocolo gli si staccò dall'occhio, cadendo rumorosamente a terra. «Uhm, bene... credo di aver detto tutto. Grazie, eh, per l'attenzione.»

Tornò al suo posto, raccolse il monocolo, e si sedette con un sospiro, mentre la sala rimaneva in silenzio. I giudici si scambiarono un'occhiata, trattenendo a stento un sorriso.

«Tutto qui?» chiese il Presidente, incredulo che un'arringa difensiva potesse essere tanto poco incisiva e priva di contenuti.

«È tutto, Signor Presidente.» ribadì il pirata difensore.

La sentenza dell'Alta Corte Etica

I giudici della Corte si scambiarono degli sguardi, bisbigliarono qualche parola tra loro e tutti annuirono.

«Gli imputati possono rientrare», disse la presidente. «Ma che stiano in assoluto silenzio!» precisò.

Bugo, Filo, Daba e Ruki rientrarono nella *sala dei giudizi* e ripresero posto accanto al loro difensore. Filo gli lanciò uno sguardo che voleva dire «Ma come cavolo ci hai difesi?» il difensore distolse lo sguardo.

Poi la giudice presidente si alzò in piedi, annunciando la sentenza con voce solenne: «La vostra pena sarà... l'allevamento di conchiglie per i gli umanoidi terrestri, sul satellite Ocean.»

Fece una pausa, durante la quale tutti: imputati, avvocato difensore e pubblico, attendevano con il fiato sospeso la durata della pena, poi riprese: «Per tre anni, durante i quali sarete sospesi dallo svolgere qualsiasi azione piratesca, sia diretta che indiretta.»

Un mormorio di sorpresa attraversò la sala.

Conchiglie? pensò Daba, la bocca che si spalancava. «Ma non sappiamo nulla di conchiglie!» esclamò.

«SILENZIO!» proruppe ad alta voce la presidente. «Imparerete!» aggiunse la giudice, con un tono ironico ed un sorriso appena accennato. «E ora, fuori dalla nostra vista!»

La Partenza

La sentenza era inappellabile. Con un tonfo che risuonò nella sala del Tribunale Piratesco, il martello della Giudice colpì il banco, decretando la sorte di Bugo, Filo, Daba e Ruki. I quattro pirati, con il morale sotto le suole degli stivali, si trascinarono fuori dall'aula, le spalle curve e i cappelli penzolanti tra le mani. L'allevamento di conchiglie su Ocean, il satellite di origine di Filo, li attendeva, ma loro, che rimarranno convinti fino alla fine dei tempi di aver commesso un errore imperdonabile per dei pirati: aver davvero assaltato una navicella universitaria, nonostante tutto si sentivano ancora parte di una grande avventura, che avrebbe potuto avere dei nuovi sviluppi in cui porre al centro l'attenzione per il rispetto delle regole.

«Conchiglie!» sbuffò Bugo, ripresosi dopo alcuni minuti e calandosi il cappello in testa. «Non so nemmeno da che parte si cominci con quelle cose!»

«Semplice», rispose Filo, con un mezzo sorriso sornione. «Si raccolgono, si ammirano… e si spera che nessuna… morda.

Daba rise, il suono leggero che si mescolava con il fruscio delle loro scarpe sul pavimento di metallo. «Ah, sì, perché tutti sanno quanto le conchiglie siano pericolose!» fece eco, fingendo di stringersi al braccio di Filo come se fosse terrorizzata.

«Forse ci sono conchiglie carnivore su Ocean», aggiunse Ruki con aria seria, anche se un angolo della sua bocca si piegava in un sorriso. «Magari quelle ti mordono davvero!»

Il gruppetto scoppiò a ridere, l'umore un po' più leggero mentre si avviavano verso la navetta che li avrebbe portati alla loro nuova destinazione.

Intanto, sul Pianeta Terra

Sul pianeta Terra, intanto, al **Dipartimento Terra-Uno del Ministero per la Sicurezza Interplanetaria** si festeggiava con un brindisi il successo dell'operazione in codice *"Università nell'universo"*.

Il piano era stato semplice e geniale: usare ologrammi tridimensionali per ingannare i pirati e guidare la navicella-drone tramite il Ponte Radio Lunare. Il risultato? Una nave pirata in meno e l'intera galassia un po' più sicura.

«Finalmente una nave pirata fuori dai giochi», annunciò trionfante il Direttore del Dipartimento, alzando un bicchiere di succo frizzante di alghe fermentate. «E senza spargimenti di sangue o inseguimenti spaziali. Solo un po' di tecnologia e un tocco di ingegno terrestre!»

I membri dello staff applaudirono, e un analista giovane e brillante aggiunse: «I titoli delle compagnie di Trasporto Interstellare Rapido (TIR) sono già saliti del 15%!» esclamò quasi euforico. «Gli investitori si sentono più tranquilli, e le nostre "commodities" (le materie prime) viaggeranno più veloci e sicure. Questo sì che è stato un colpo da maestro!»

Nel frattempo, su Ocean...

i quattro pirati "sospesi" si trovavano già immersi nella nuova attività che li avrebbe occupati durante i prossimi tre anni. Bugo si chinò per raccogliere una conchiglia rosa a strisce blu, girandola tra le mani con un misto di curiosità e frustrazione.

«E questa cosa qui, cosa fa? Si accende? Si apre? È un'arma segreta?» chiese, cercando un pulsante nascosto.

Filo, che conosceva bene le conchiglie, avendoci giocato da bambino, scosse la testa, ridacchiando. «No, Bugo, non è una navetta spaziale. È una conchiglia. È solo una conchiglia.»

«Beh,» intervenne Daba, osservando una fila di conchiglie che si estendeva lungo la spiaggia, "almeno sono più facili da gestire di un assalto pirata a una navetta T.I.R.."

«Già.» aggiunse Ruki, sedendosi accanto a una pila di conchiglie.

Le risate risuonarono sull' *"Isoletta delle Conchiglie"* sul satellite Ocean, mentre i quattro pirati si adattavano al loro nuovo ruolo, con un mix di ironia e rassegnazione.

Erano convinti di essere stati protagonisti di un'avventura disastrosa e, sebbene la realtà fosse ben diversa, il peso di un errore imperdonabile per un pirata avrebbe gravato sulla loro coscienza per il resto dei loro giorni.

E così, mentre il *Dipartimento Terra-Uno* si godeva il trionfo, e i mercati interstellari continuavano a prosperare, Bugo, Filo, Daba e Ruki si preparavano a vivere la loro nuova vita, certi che, in un modo o nell'altro, la prossima grande avventura fosse dietro l'angolo…

Trascorsi tre anni.